若非此刻，更待何时

刘思伽 著

人民东方出版传媒
东方出版社

图书在版编目（CIP）数据

若非此刻，更待何时 / 刘思伽著 . —北京：东方
出版社，2021.10
ISBN 978-7-5207-2253-7

Ⅰ. ①若… Ⅱ. ①刘… Ⅲ. ①随笔—作品集—中国—当代 Ⅳ. ①I267.1

中国版本图书馆 CIP 数据核字（2021）第 117969 号

若非此刻，更待何时
（RUOFEICIKE，GENGDAI HESHI）

作　　者：刘思伽
责任编辑：刘　峥
出　　版：东方出版社
发　　行：人民东方出版传媒有限公司
地　　址：北京市西城区北三环中路 6 号
邮　　编：100120
印　　刷：北京雁林吉兆印刷有限公司
版　　次：2021 年 10 月第 1 版
印　　次：2021 年 10 月第 1 次印刷
开　　本：880 毫米 × 1230 毫米　1/32
印　　张：8.5
字　　数：154 千字
书　　号：ISBN 978-7-5207-2253-7
定　　价：49.80 元
发行电话：（010）85924662　85924644　85924641

版权所有，违者必究
如有印装质量问题，我社负责调换，请拨打电话：（010）85924728

目 录 / CONTENTS

前言　改变　/001

01
款待自己

你要有勇气，捍卫自己想要的生活　/003

每个人都值得被爱，尤其值得被自己爱　/015

当梦想无法照进现实，学会灵巧敏锐地生活　/028

以文字为马，圈出一片私人领地　/036

无论幸福还是不幸，一切都不会长久　/050

好好吃饭，好好睡觉　/059

02
不如觉醒

尘世是座游乐场，由你来决定哪些项目重要　/069
全然活在当下，就是对美好之物的最大珍惜　/081
你在寻找那条对的路，那条路也在寻找你　/093
假若认真觉察，生命中尽是花絮　/105
包容别人并不等于委屈自己　/118

03
兴之所至

每个人都是孤军奋战，走出中年危机的考场 /131

尊重身体的感受，才算真正尊重自己 /143

每一个普通的日子，都是不可复制的奇迹 /154

能提出问题就足够了，至于答案不必着急 /165

练习瑜伽吧，它能挽救你的生命力 /177

04
幸福配方

学会沉默，感受自然的伟大　/191

不肯为自己的命运负责，怎么有资格指责别人　/202

对自己诚实，是了解自己的唯一方法　/214

保有恰如其分的自尊，时间会带来不可思议的变化　/226

保持清醒，越清醒越幸福　/237

后记　至善　/249

天地苍茫，一切都是瞬间。

没有洁癖的朋友可以试试粉笔画。

你有没有因为大自然摄人心魄之美而热泪盈眶过?

自从有了动笔的念头，平常日子就演变成了奇幻漂流。

万物温柔低语,只有人类嘶声力竭。

我们被时光揉皱了,而旧照片还平整如新。

心之旷野,自由呼吸。

把时间花在喜欢的地方是享受人生的关键。

在这个世界上,你必须成为你想要看到的改变。

——甘地

前言

改变

过完四十五岁生日,忽然意识到自己的改变。

刚刚喝了一杯热的大麦茶,这是我从前不喝的饮料。它不是真正的茶,而是代茶饮。大麦经过烘焙,有一种类似咖啡的焦香气息。以前,我只在吃韩餐时喝过餐厅提供的大麦茶,不排斥也不喜欢。现在却觉得这种温和的饮料相当不错。

还发出一个快递,里面是几条未拆封的电子烟弹,外加零散的几盒。一个烟不离手的朋友跟我说,他的烟弹用光了。他从前经常出差日本,可以随时补货,现在因为疫情去不成了。无烟在手,苦闷的他愈发苦闷。我告诉他,我这里有。他急问有多少。我答，不少，等我搜罗一下，给你快递。大概因为练瑜伽的缘故，我不怎么喜欢烟味儿，烟弹正好送给需要的人。

我已经很久没有去精品店买新衣服和围巾了，这在之前是不可想象的。至于手袋，猫头鹰先生建议可以趁香港圣诞季打折时入手一两只喜欢的，但我兴趣全无——它们和我的生活渐渐无关。我甚至在某个下午直接拉黑了一个不停向我推荐围巾的女生。她是我经常光顾的某品牌的销售。之前的几年，我一直是他们的 VIP 客人。她听不懂我委婉的拒绝，而她的推介一再打扰着我和秋田猎犬千菊丸共度的美妙下午——当时我们正在郊野空旷的院子里玩球和飞盘。

近来最大的惊喜发生在一个晴朗的星期天。我给越野车更换了四个新轮胎，被换下的旧轮胎已经服役近九年。天才运动员忍耐许久才换上合脚的跑鞋，一时间步步生风。那条早就熟悉到没有风景的环路，竟然也瞬间变得 Q 弹起来。于是，我和我的车一路欢天喜地，蹦蹦跳跳，狂奔到家。忍不住把新奇的感受告诉把这家轮胎店推荐给我的表姐。

她问：Q 弹的感觉……是不是像牛肉丸？

我答：好像……更像咖啡布丁！

不知道哪个比喻更恰切，或许因为我常食素，不太熟悉牛肉丸的口感——它们也像咖啡布丁一样弹牙吗？四个新轮胎比四条新裙子带给我更饱满生动的喜悦——不知道这改变始于何时。不过，每天和千菊丸一起探索荒野，汽车显然是比长裙更亲密的伙伴。

大约八年前，我曾在台北作过一次演讲。那是个临时任务，我只好在航班上构思，落地后即奔赴会场。

现场三个演讲，只有我的"多做点无用的事"最"不正经"。大会主持人介绍时都不免舌头打结，台下爆出一阵会心的轻笑。我知道那些密匝匝的听众都是岛内才俊、商界精英、有为青年，是生活得极有效率的一群人。我也笑着上台：这些话就是要说给你们听的噢。

我是完全的陌生人，但没关系，你们认识林海音吧，台湾老牌女作家，《城南旧事》作者。我是她的校友，她曾在北京第一实验小学读书，那也是我的小学，我们共有一座古朴美好的校园。那些絮絮的往事，其实更像是一个小女生对自己的交代，对乡愁的交代。《城南旧事》那部电影就是在我上小学一年级的时候拍的。

好，现在我们认识了。那我再请出一个名人：吴念真。你们也都认识他，对吧？别误会，这回我们不是校友了。不过我挺喜欢他的风格，电影演得也不错。他说自己从小瘦弱，经常被捣蛋的坏同学欺负，又没力气打回去，所以只好愤愤地回家写日记，写小说，写剧本，发泄情绪，然后让那些欺负他的坏

若非此刻，更待何时

蛋都在故事里死掉，这样才总算出口恶气。当然，这些经历最终也让他成为著名的作家和导演。

鼎鼎大名的《富春山居图》你们当然知道喽，画家黄公望你们也熟吧？其实黄老师不过是元朝一个闲荡在主流社会之外的老人家，地道的闲云野鹤，唯其如此，才能有大把的时间观察山水，如醉如痴，废寝忘食。画成《富春山居图》的时候他已八十三岁高龄，完全为自己而活，为自己而画，最终成就了苍茫脱俗又平淡天真的作品。

无用之用，方为大用。这三位的故事告诉我们什么？或许每个人有不同的理解。不过，多做点无用但有趣的事情总是没错的。也许这些无助于成功，但却能滋养灵魂，说不定还能惠及后人。

反响热烈。听众逐渐聚精会神的表情告诉我，他们被打动了。不过，我心里明白，并没有谁会真的改变。精英生活是种窠臼，不容随意增删，除非你甘愿退出旁人艳羡的主流社会。用各种资源的极大丰富交换莫名其妙的无用之用，这个等式在多数人眼中很难成立。我也一样：虽然深谙真挚方能动人的道理，但我和我的话之间始终保持职业的距离，我以为这就是所谓专业素养。我是主持人和节目制作人，在电台有自己的工作室，虽然不曾野心勃勃，然而确实意气风发。演讲是我交出的作业，我没想过真要在自己的生活中实践其中的逻辑。那时候，

前言·改变

我甚至天真地认为自己或可达成工作生活间的某种平衡，巧妙而圆满。

世事诡谲多变，我在其中由浮沉而臣服，终于心悦诚服。想起八年前台北的那场演讲，不由哑然失笑。原来那时老天便假我之口，向我喊话，而我竟然愚钝至此，荒废了多少美好。我当然可以选择另外一条道路，或者随着自己的心意踩出一条小径来，这完全是我的权利。

最近半年，我常在微信朋友圈发夕阳的照片，浑圆的红日渐渐沉入地平线，晚霞晕染的天际每一分钟都不一样……美得实在不像话，有时照片里还有野鸭和灰鹤的身影。越来越多的朋友悄悄私信问我北京哪里有这么美的景色，发个定位过来。

还有凑巧和我"共襄落日"的朋友私信：有没有发现这两天的太阳特别红？我笑着回复：每天的落日都是这么大这么红啊，是你没注意吧？对方只好尴尬承认。

大家都太忙了，在电梯、在地库、在通勤的路上，和西沉的红日及初照的圆月完美错过。当然，我也很忙——芸芸众生，普通你我，谁还不是要为生计奔忙呢。不同之处大概是我亲手给忙碌划定了边界——我认为我有权这样做。自从拔除了"事业有成"的杂念，我在空白处郑重写下日程：尽力感受周遭美好之物，在余生的每一天，因为我不能勉强自己的灵魂。

兜兜转转，我还是走在了这条"无用"之路上。我终于说到做到，多做点无用的事，而为了学会这个，竟然用掉八年时光。改变持续不断，虽然了悟姗姗来迟。

以所谓成功换得内心清明，这个交易划算吗？这样问的人，想必从未体验过澄澈清明的当下，一分一秒一瞬间一刹那都没有。

很想把思考的任务交给别人，我只负责感受。夜深了，我需要热水澡和威士忌。走进卫生间，忽然觉得哪里有点不一样。我敏感地扫一眼浴缸，一只亚麻色的小壁虎怯生生地趴在角落里。惊蛰过后，小动物果然出来活动了，我心想。它纹丝不动，大概很想伪装成陶瓷上的浮雕图案。我居然没有尖声惊叫，也没拔腿就跑，而且，我发现自己嘴角上扬，还用手机拍照，分享给正在香港公寓里自行隔离的猫头鹰先生。他以为我被这个小家伙吓坏了，其实我非常平静。这真是出人意料。

"看它那么喜欢那个浴缸，我就让给它。等你回来，再问问它要不要去花园和家族成员（亚麻色壁虎家族一直在我们的花园里繁衍生息）会合吧？"我对他说。

"好。但是，它不会饿着吧？"猫头鹰先生很关心小壁虎的健康。

我开始认真考虑要不要徒手抓一两只蚊子送到浴缸里。

改变仍在发生，我更喜欢现在的一切。

01
款待自己

此时此地,时刻留心,活在当下。

> 人生就像一本书,傻瓜们走马观花似的随手翻阅它,聪明的人用心地阅读它。因为他知道这本书只能读一次。
>
> ——保罗

你要有勇气,捍卫自己想要的生活

她的不快乐源于从来没有真正的活在此刻。

太阳是我们世界上最大的发光体,而月亮有暗夜中无法被忽略的皎洁妖娆。日升日落,月盈月亏,它们不仅为了提示时间,更是宇宙中真实而迷人的存在。当你意识到自己正感知这一刻的世界,就不再会认为自己无所事事了。

三月的傍晚,我开车带着千菊丸从郊区返城。6点刚过,我们拐上钟爱的右堤路。金色的太阳正逐渐变红,车和人比天冷时略微多些，但这仍是一条格外清幽的道路。两边是树林、河岸，或者田野，偶有村落民居，一切都和预想的差不多。后排车窗大开，车走得不紧不慢，除了道路限速原因，这样也更方便千菊丸吹风以及我感受这一切。那些路边的树林已经渐渐熟悉，像是朋友。我常常觉得它们不光姿态不同，性格也迥异。想象它们三三两两地凑在一起聊天，头碰头或者背靠背，微风中似乎能听到沙沙的低语。

这些感觉让我不觉微笑起来，很想知道它们在传递什么八卦消息，或者对每天驱车而过的匆匆路人有什么观感。可能它们很少注意我们吧，小鸟、蜜蜂、树下的草和灌木，以及泥土里的其他昆虫才是它们的伙伴，人类不要太自大了。虽然树被种下以后没办法自己偷偷跑掉，但这并不意味着它们真的在乎人啊。即便人类可以把树伐倒，就像一场谋杀，但在它有生之年的每一天依然会和云彩打招呼，随风雨起舞，对太阳微笑，在月光里安眠，并不对人有丝毫的敬意，除非，你懂它的世界。

但这个三月的温暖傍晚有点特别，一轮由金黄转为通红的太阳一直在我右前方，无论我走得快一点，还是慢一点，它就那样，在远处的天际线静静地看着我。同时，慢慢地把身后的天空调成由湛蓝、黛粉、嫣红混杂过渡的颜色，好像魔法。同时，一张脸庞更加通红更加浑圆也压得更低，慢慢快要触到远方密林顶端的树梢了……

01 款待自己

此时，我正行车到一处开阔地带。路基下面是个开放式公园，远处还有篮球场。我把车停好，迅速拉开车门冲到路基边缘。千菊丸对我的"奇怪"举止习以为常，一声不响地端坐，面朝日落的方向，凝神屏息。明知道手机拍不出落日百分之一的壮美，我还是忍不住下车致意。在车里，即便开着窗，仍然感觉和磅礴的宇宙能量存有隔阂，但一下车，就好像站在落日面前，直面它的目光，也被它拥入怀中。额前的发丝被太阳吹来的温柔气息拂动，我能感觉到整个人都变得明媚——我被太阳今天在北纬38度地平线的最后一瞥照亮。它以光芒轻轻触碰万物，好像一种炼金术，为所有生命注入饱满能量，用以供给整个暗夜的消耗，直到明天，它重新以灿烂的晨曦唤醒你。

这是属于我的一种独特"充电"方式，那个时刻，你需要保持在场，以及保持开放。是的，我常常都在，但今天格外特别。一轮落日恰巧被恬静的乡野包围，树林和旷野疏密有致，而我竟然就在这里，多么美好。我凝视着西边的红日，目视着它无声地滑落1毫米，现在底端的圆弧已经被地平线上的树丛遮住一点，而我发现自己热泪盈眶。此刻美好得无法言喻，美到令我无法呼吸。如此令人叹为观止的魔法，居然在寻常的回家之路就地上演，如此奢华梦幻，难道不算是老天的厚爱吗？作为老天的孩子，难道不应该因为自己被爱着而深深感动吗？我发了微信朋友圈，但其实只是写给自己，记录今天在右堤路的奇遇。2020年3月17日18：12，这个时刻理应被记住。对我而言，那个漫长的瞬间，因为喜悦的泪水而成为某种永恒。

深夜，再次打开那张"原况照片"，我用手指按住屏幕，一只喜鹊的剪影从照片的右侧入画，一直飞到左侧，简直神来之笔。感谢手机的"现场"功能，让那个美好时刻短暂复活。天机时时在泄露，我笑了，并且再次落泪。

肯定有人会说我小题大做。落日而已，每天都有啊。是啊，每天都有，而且每天不同。如果你像珍爱古董一样钟爱能量，你就会发现其中幽微神秘的变化。当然，说这话的人大概会错过所有的生命能量，而不只是某一天。他们如此轻慢，显然对自己错过了什么一无所知。

但假若你能陶醉于美景，并为之惊叹，甚至还会在心神释放之余花点时间思索你所看到的一切，那么你就是真正深深地参与了自己的生活。

美国伟大的女作家雷切尔·卡森在她未完成的遗作《惊奇之心》里写到过一个深深打动她的美好夜晚。

"我从来没有见到它们这样美丽过：雾蒙蒙的银河流过天空，星座的形状清晰明亮地显现出来，一颗耀眼的行星低垂在海平线上，偶尔一两颗流星一路燃烧着进入了地球的大气层。"

她接着写："我突然想到，如果这是一个世纪或者一代人只能看一次的景象，观众将会蜂拥而至，来到这个小小的海角。

款待自己

但是，一年有许多夜晚都能看到这番景象，因此住在小屋里面的人，可能从未察觉天空之美，因为他们几乎每晚都能够看到，反而可能永远都不会看到了。"

当然不仅仅是落日，只要你愿意，风景原是随处可见的。你需要的观察工具仅仅是一颗饶有兴味的心——我们也可以把它称为孩子般的好奇心。有了它，生活很少会是乏味的。

2018年初夏，下班时分，我在地铁上看到一位盲人。这位瘦高个子的中年男士，戴墨镜，手持盲杖。他要下车，往车门方向去，然后撞到了其他人。在并不非常拥挤的公共场合，身体接触是很失礼的行为。被碰了一下的短发女士有些愠怒地回头打量，见是一位盲人，立即换上关怀的神色，问他是不是要下车，并提示他，列车到站停靠会换开另一侧车门。短发女士一边护送他转身往另一侧门口走，一边询问，大意是要不要换车。两个人像朋友一样轻轻交谈，面露微笑。及至列车到站，短发女士和盲人一起下车，大概是不放心，索性护送他到对面的月台，一副轻松平常的样子。

这个小故事发生在一座南方城市，对这座繁华的都市我仅是过客。但故事中的他们实实在在地温暖了一个旁观者：人丛之中，既能保持距离，又不疏于帮助，这样的熙攘让人心安。这座城市，是香港。不过有趣的是，当时猫头鹰先生全程站在我的身边，但他居然对这个盲人的故事完全没有觉察。当我讲给他听，他几乎惊讶了：真的吗？我怎么不知道？我也在啊。

是啊，你也在场。可是，你真的在场吗？你的神识、注意力，一直保持在场吗？

我们只要稍加注意就不难发现，作为重要通勤工具的地铁经常负责分发有趣的片段。多年以前，一个周末的下午，我和朋友在伦敦闲荡。那天地铁很空，车厢里一个身穿西装的高个子中年绅士被醉醺醺的怪咖纠缠。他走到哪儿那个人就跟到哪儿，一直凑过来唠唠叨叨，满脸愤愤不平。他再走，那个人依然"贴身护卫"。他索性打开报纸，埋头进去，但显然没法认真阅读。一切仍在僵持之中，直到列车再次停靠，而那个醉汉发现自己坐过了站。他又咒骂了一句（这回应该是对自己），趁车门没关上前拔腿就跑，但最终还是被车门夹了一下。车厢里发出几声善意的轻笑，有人问读报纸的先生是怎么回事，他耸耸肩，自我解嘲地笑，说自己根本不认识那个人，他从隔壁车厢躲过来，还是脱不开身。此后每每听人提起"英国绅士"，我眼前就浮现出这位一头雾水的先生和他的驼色格纹西装。

另外一次，稍显拥挤的伦敦地铁上，一个身着工装正埋头在报纸广告信息中找工作的年轻男人惊觉自己面前站着一位银发女士，连忙站起来，执意把座位让给她。小伙子个子很高，因为起身着急，顶着一头卷发的脑袋差点撞到手扶横杆。两人

01 款待自己

拉起家常，笑容荡开到周围，我注意到很多人的面容都柔软下来，我也是。

有人喜欢在等候的时候听音乐、看书、玩游戏，或者浏览社交媒体。这当然都是打发时间的好办法。但如果想要得到额外的乐趣，你必须活在当下，也就是保持你的神识和你的身体一致，同在现场。

我得承认比起经常在这些场合思索重要问题的高效率的朋友们，我是经常闲着一颗心的人，是随时保持在场，等待花絮叫号，然后迅速答"到"的那一个。

某次在航站楼的星巴克排队买咖啡，我忍不住笑出声来。猫头鹰先生不解地看我，我只好把刚才发生的一幕复述给他。一对外国夫妇带着两个孩子，婴儿车里是妹妹，帮爸爸妈妈拿糕点的是哥哥。其实哥哥也不过四五岁吧，虽然一脸严肃的小大人样子。他端着盘子去拿咖啡搅棒，妈妈招呼他，他扭头时一走神，手里的盘子倾斜，两块巧克力布朗尼蛋糕滚落地上。他再溜一眼爸妈，发现他们并没注意到自己的动作，于是快速捡起蛋糕，掸了掸，装回盘子，若无其事地端回桌上。猫头鹰先生听完整个故事，也笑，目光逡巡着找到那个小男孩。

嘈杂的咖啡馆里没人注意这个男孩，除了我。我当然要为他保守秘密，不能搞砸了。但他的表情实在是太可爱了，我忍不住地轻笑也算是一种由衷的赞美吧。想想，假若他的碟子里装的是大理石蛋糕或者顶着蓝莓酱的奶酪蛋糕,结果可能大相径庭。所以,这个小伙子运气相当不错。当然,我的运气也很不错,他奋勇救回巧克力布朗尼的样子,让我的咖啡物超所值。

有时候我甚至怀疑,是不是因为保持时时在场的习惯,得到了"宇宙奖学金",所以总被老天分发额外礼物,让我享用,并且等着听我发自内心的赞叹。那些时刻,那些片段,每每想起,总是莞尔。一些片段是电影,另外一些则像广播剧。

初夏的午后,那家永远宾客盈门、人声鼎沸的餐馆进入难得的宁静时光。餐厅吧台后面铜色的啤酒桶闪着微光,那位穿着雪白制服的大师傅好像入定一般,服务生们也各自寻个角落歇脚,对他们,这是难得的喘息时机。

一切都那么安静。

我刚吃掉一份炸鸡,心满意足地对着面前的黑咖啡。

一个念头慢慢从脑中升起——这里的安静完美得不真实,戏剧化的气氛弥漫在周围,一切布景都已搭建完毕,好像主角出场前的舞台……

我不知道这个念头是怎么冒出来的,但是接下来,谜底揭晓,主角出场了。

一个男人匆匆赶来,走到吧台前面的一张桌子旁,坐下。对面沉默的女士显然在等他。两个人讲话的声音不大,但也并

01 款待自己

没有故意压低嗓音。或许在他们看来，一两桌其他客人是完全可以忽略不计的。很有可能这位急切的先生根本没有看见我们。确实，我们是黑暗中的观众，而他们是舞台中央的主角。

大概是在谈分手，女方和颜悦色，态度温柔而坚决。我听到一句："你可以找到更年轻更漂亮的女孩。"男的声音陡然提高："我不要年轻漂亮的小姑娘，我就要你！"此时，我已是店内唯一的其他客人。我望一眼大厨，他仍在入定，一心不乱，但我看到他的脸色随着高八度的男声微微一凛——也许是我看错了。我把咖啡配搭的曲奇饼干放进嘴里，装作专注品鉴的样子——好的观众在紧要处应该懂得凝神屏息，万不可干扰演员的情绪。

"小点声儿！"女声优雅地提醒，好像终于发现了观众。

"那，咱们先回家吧。"男声还是挺洪亮。

男声拨电话叫车，另一手牵着女生，生怕她溜掉似的。我还是没有看他们，生怕他们尴尬，但后来发现似乎尴尬的只有我。两个人从我的目光中经过，男生微胖，中等身材，除了啤酒肚之外，无甚特征。女生身姿婀娜，一袭黑色套装难掩妩媚。从外貌上，完全看不出两人的年龄差距。

我长舒一口气，发现自己居然在笑。

每一次都要这样随餐附赠花絮礼包吗？对于离群索居的资深宅女，深夜谈心的节目主持人，这一出折射"人间百态"的爱之变奏，也算是科普教育了。您的好意我心领了，我在心中对老天抱拳致谢。

　　生活总是充满各种气息和乐趣。我们每个人每天都是在万花筒里醒转来。孩子们大都不会无视这个事实，除非受到诅咒。而成年人中大部分恐怕都被成功诅咒过了，因而变得难以享受生活本来的况味。

　　还是这间餐厅，我曾在早秋季节请朋友午餐，并且洗耳恭听她的各种牢骚。我们坐在户外的阳伞下，微风拂面，鸟语花香。麻雀们大胆地蹦跳到桌子近前来啄食掉落在地上的面包屑，甚至还有一两只直接落在空着的椅子上。这个时候，你的注意力怎能不被这些可爱的小家伙吸引呢？然而，朋友仍喋喋不休。她对生活颇多抱怨，永远没有满足，她的计划虽然一一实现，但结果总不尽如人意……爱情如此，事业也是如此。"你看，小鸟，就在你脚边！"我兴奋地提醒。"噢，是吗，真的。"她只是敷衍地扫了一眼，继续原来的话题。

　　她从海外归来，那是我们久别之后的重逢。我在餐桌前终于恍然大悟：她的不快乐源于从来没有真正地活在此刻。"设立目标—制订计划—实现目标—对目标失望—修改目标或者设立下一个目标"，这就是她的全部生活。过度使用大脑，却极少开发感官，这样以账面上的得失计算的生活，真的"划算"吗？

·01· 款待自己

假若她知道我们吃饭的此刻，将是她人生中的倒数第二个秋天，她的想法会有所不同吗？会不会停止抱怨和计划，去认真体会一下干燥的暖风拂过皮肤的感觉，去深深地嗅闻一杯咖啡的香气，去打量一下周围美好而可爱的一切，包括那只到她脚边啄食的麻雀？

时光没法倒流，世事亦从无假设。一年多以后，在某个她未曾料想的时刻，她病重不治，带着深深浅浅的遗憾。但在我看来，她最大的遗憾是从未真正参与自己的生活。

在她走后，我常常回想起那个秋天晴朗的午后，我被阳光晒得麻酥酥的手臂，我们的谈话，美味的餐食，还有被烦恼包裹着的她对周遭的漠视。烦恼好像玻璃幕墙，硬生生地将她隔绝于美好之外。唯有叹息。

很多人就像我的这位朋友，他们挥霍自己唯一真正拥有的财富，毫不自知。这样的举动总是令我非常困惑——尽管不知道生命何时会走到尽头，但那天终会到来啊，怎么能像丢弃废纸一样随便浪费每个时刻呢？一个如此轻率处置自己生命的人，是多么的不清醒，如此这般，树立再多幸福人生的目标，又有什么帮助呢？要知道，幸福从来只属于清醒的人。

我们很难一直保持绝对清醒，但可以尽量拒绝幻象。当你明白心目中的重要性排序，做到这一点并不会太难，特别是当生活不尽如人意，把时间和心力花费在最重要之事上就显得格

若非此刻，更待何时

外紧要。你的勇气，一定要用来捍卫你想要的生活。

2019 年 5 月 27 日凌晨，我拍了一张夜空的照片，在微信朋友圈写下："此时，星空。木星亮得不可思议，头顶上还有一颗大角星。更别说那只镶了七粒钻石的大勺子了。一阵大风，把北京的夜空吹回到小时候。只有和亲爱的 Happy（我十三岁多的黄金猎犬）一起散步，才能从容地看星星。"

当时，我并不知道亲爱的 Happy 的生命只余下两个月时光，我用尽一切办法想要医好它，哪怕能减缓些微病痛也好。还有就是，我珍惜和它在一起的每一天，每一天都如金子般宝贵。

其实，我的 2019 并不顺利，工作上遭人构陷，生活上还有额外重压。问题纠结成一团乱麻，迎头砸来，身心的疲惫可想而知。那是一个我连夏装都没有打开的夏天，一个我居然只穿 T 恤和运动裤就过完了的夏天。但值得骄傲的是，仍有很多美好时刻在我的独家记忆中熠熠放光。

人类没办法无限延长生命，但在我们每一次凝视天空，沉浸于黄昏的美好或者欣赏夜空里的繁星时，时光的脚步不觉慢了下来，于是，我们的生命也被偷偷拉长了。我们并不总是知道宇宙在演奏什么曲调，但此时它一定正在演奏。所以，保持在场，认真倾听。相信我，这永远不会让你后悔。

> 最糟糕的是人们在生活中经常受到错误志向的阻碍而不自知,真到摆脱了那些阻碍时才能明白过来。
>
> ——歌德

每个人都值得被爱,尤其值得被自己爱

如果没有成为所谓的"更好",而只是现在的自己,就不配被老天善待吗?

　　每天的瑜伽练习总是会从金刚坐或是雷电坐开始,让身体和头脑平静下来。平静能够积蓄能量,保持平衡,让自己充分体验这一刻的感受。平静有很多种面貌,没有念头并不是其中之一,因为我们做不到。但我们可以分辨出那些无用的念头,不再供给它们养分。就好像过度芜杂的枝条需要修剪,否则树木就无法健康生长。我们要做的是辨认出那些无用的念头，然后让它熄灭。

一旦确认了这一点，接下来的路径就变得简单，我们只需要分辨就好了。可是，且慢，最简单的步骤里面往往埋藏着最深的陷阱。如果我告诉你那些为了未来的焦虑、为了自我鼓舞的鞭策、为了挚爱亲人的烦忧，通通都是需要修剪的枝条，你会不会感到惊愕、不解，甚至有种被冒犯的恼怒？你会不会反驳，这些明明是蓄积了正能量的水库，充盈着温润的人之常情，怎么能说是无用的废料呢？

我们不妨先记下"水库"这个词，它几秒钟前才在我头脑中飘然而至，而我也刚刚意识到，把蓄积生命能量的工程比喻成水库还挺合适。不过，让我们先按下不表，回到生活实景中来。

写到这个章节时，武汉即将解封。这座华中重镇，六省通衢之城，终于在繁花似锦的仲春月圆之夜慢慢醒来。我们的节目也收到了一封来自武汉的感谢信。写信的是位护士小姐，而她的人生经验很适合成为这一节的注脚。我们暂且叫她"小护"吧。

小护絮絮地讲述平凡人生中的平凡悲欢，而这故事本身就很说明问题。

01 款待自己

老师们好,我是 2018 年 3 月 11 日来信的题主,当时我是在母亲患癌,整个人都很消极的情况下写的信。在后面很长一段时间里,我都没有变得特别快乐,随着时间的推移,母亲的健康状况逐渐稳定下来,只需定期复查。家里也买了新房,并在今年 1 月入住。正在我的心情渐渐趋于平稳时,武汉爆发了疫情。

上次来信我曾提到自己在医院工作,其实本人坐标武汉,正处在高风险地区。1 月 23 日是我们武汉封城第一天,由于我的新家离工作单位很近,可以步行上班,通勤并未受到影响,再加上长年累月的工作,当天上午并没觉得跟往常有什么不同。或许就是一种对生活的习惯性麻木吧。上班到中途,也就是封城的 10 点钟,身边的同事忽然沉默了,她坐在诊疗室的床上对我说,她想哭。我不知道该怎么安慰她,因为自己也不知道接下来会怎样,只能接受这一切。医院里还是有患者,只不过比平时少了很多,每个人都隔着很远的距离进诊室。下班以后,我一个人走在马路上,恍恍惚惚。所有商铺都关着门,路边的树上还挂着红灯笼,马路对面硕大的 2020 标志仍然亮着灯……不过,走在路上,只剩风声与我做伴——这时我才回过神来,原来武汉真的不一样了。

第二天,《十点谈心》听众群里的莉姐就组织大家给我捐赠口罩,尽管我一再推辞,大家还是非常热情,一定要为我做这件事情，这让我特别感动。受疫情影响，各种标准的医用口罩被抢购一空，更别说寄到武汉了（很多地方快递都不发湖北了）。可在大家的努力下，还是选购了一些当下最标准的口罩，再由莉姐寄送给我。看到大家给我发的消息，我一时之间感动得说不出任何话，只能在诊室外的走廊上来来回回踱步，平复激动的心情。疫情期间，物流极其不稳定，口罩寄到我这里的过程就更艰难。快递好不容易到达武汉，却一直不派送，没办法，我只好骑着自行车亲自去物流点取。我生怕把大家的"心意"弄丢，来回跑了几趟，总算把口罩都拿回来，心想这么珍贵的口罩我可不能浪费，一定要珍惜。

现在疫情缓和很多，武汉的情况也好了不少，虽然其间为购买生活物资家里也花了不少钱，但最艰难的时刻总算过去了。我见证了这次疫情的全过程：医院的超负荷、患者的无奈、医务人员的崩溃、身边同事的感染、家人的焦虑、武汉各个小区的严防死守……好在，我们都挺过来了。当看到商铺都关着门、各种网上购物都不发武汉时，当我和大家一起去超市抢购物资时，会产生一种被抛弃的感觉。可《十点谈心》听众群里的小伙伴对我说，"十点群"永远不会对我关门，那一瞬间真的很感动，很感动。

这60天里，大家给我的鼓励是我当护士的人生旅程里最难忘的经历。特别感谢帮助过我的每一个人，尤其是莉姐，也真

01 款待自己

的特别特别喜欢这个大家庭。

最后,特别幸运能够听到《十点谈心》,能够认识那么多朋友,真的是太太太幸运了,超爱你们。

一个对于未来有诸多焦虑,对自己也甚多不满的女生,终于在一场突如其来的大疫之中感受到生活的美好和生命的价值,不得不说老天真了不起,而如此"大手笔"的提点恐怕也非他老人家亲自操作不可。其实,疾病只是无常的一部分。但在人类的习惯性麻木中,我们总是选择对无常视而不见,直到命运掀起的巨浪和我们迎头相对。这样的山呼海啸是无法忽视的,因为它已经动摇了你立足的根本,而且它响亮地呼喊:**你的剧本是个假的剧本,生活才不会按照它去彩排和演出呢。**

小护之前的剧本还真的和现实有很大出入,幸好我们在"云端"保留了她之前的来信,毫不费力就可以窥见她当初的人生轨迹和内心焦虑。两年前她来信的题目是:母亲患癌父亲焦虑,整容失败的我,未来还会好吗?

哥哥姐姐好,这封信很曲折,原先写过,但后来事情突发,我重新写了。我觉得这是我人生中最无法跨越的一道坎。去年夏天给你们写过一封欺负老实人的信,我是在医院前台工作的女生。今年我的生活有了翻天覆地的变化，我二十七岁了，平时因为自卑不自信，工作中遇到的都是越来越年轻的面孔，于是从未有过整容念头的我去做了双眼皮，是的，手术不太成功，双眼皮很假，每天必须化妆，这件事情让我足足伤心了三个月。

就在我每天为此焦虑时，前天妈妈又被查出宫颈癌，对我来说像晴天霹雳一般。我们一家四口人，我有个弟弟小我五岁，爸爸有焦虑症，身体也不太好。得知妈妈生病的消息我立刻联系了医院最好的医生，妈妈也马上办了住院。

工作中我数不清自己默默哭了多少次，第一次感觉心好痛好痛。当天晚上我就找弟弟谈了话，由于爸爸身体也不好，我没敢把病情说得太严重。倒是妈妈还挺乐观，她原来就做过手术，觉得这次也能挺过去。我没说话，怕把实情说出来她承受不了。今天我去签手术同意书，妈妈也知道了自己的病情，她的脸一下就白了。我知道她很害怕，但在医生和我们谈完话后，她还故作镇定地拉了拉我的手，她的手是冰凉的。我想，妈妈一定很害怕，就问她"我们一起回家好吗？"她恍惚了一会儿说好，过一会儿又说要回家做饭做菜陪爸爸，我知道她只是害怕待在医院。

回到家后，妈妈挨着爸爸坐在沙发上，看上去比平常还要乐观的样子，可我能感觉到这和她以前的开心是不一样的。吃完饭，妈妈跟爸爸说他们银行卡的密码是什么，还想尽快出手

01 款待自己

一套房子……这一切从他们口里说出来是那么自然，而我更多的是无奈。后来，爸爸告诉我，妈妈一回家就哭了，说对不起我们，还要花钱。听了这些，我的心里更难受了，躲在房间里给好朋友打电话，又哭了一场。

我在想，是不是我不够珍惜现在的生活，为什么生活被我过成这个样子？为什么我做什么都那么失败？为什么我不好好珍惜自己的身体而要去做那个难看的双眼皮？好多个"为什么"和无数的自责鞭打着我，但我明白自己是家里唯一可以支撑和依靠的人了。弟弟刚刚走出校门进入社会，爸爸身体不好，我不能再出任何事情。可我真的很难受，一想到我自己曾犯的错和妈妈的身体，我就觉得对不起他们。我到底应该怎么办，未来的生活还会好起来吗？

当我们为特定的事情忧心时，内心的执着会让视野变得狭窄，我们固执地关心生活是否还能重新变好，竟然丝毫也不担心生活是否还会变得更坏，自然也不会为我们仍然拥有的一切表示感激。而这种思维的底层逻辑是：我们认定自己是命运的主人，因而产生出可以掌控一切的幻觉。幻觉早晚都会破灭，命运总会在某个时刻向我们宣示谁才是真正的主人。

写信的二十七岁姑娘，在抱怨职场境遇不佳情场也远非得意时，并未意识到自己生长在一个有爱的家中，既有父母之爱

若非此刻，更待何时

又有姐弟之爱，而父母二人也彼此相爱，仅仅是这些爱，本身就很珍贵啊。妈妈突然罹患重病，才让她发现自己没有珍惜拥有的一切。可是，自责并不能让我们更好地珍惜：愧疚会毁掉幸福的感觉，没有一个罪人能真正体验到人生的圆满自足。

在洋洋得意和内疚懊悔这两极之间，我们的生活就不能找到一个平衡点吗？那种无须与人比较就能感知的平静喜悦，获得起来有那么困难吗？

其实，这个平衡的起点就是回到自己，回到内心。

我们太过关注外部世界，而很少真正关注自己。这种忽略其实意味着不够爱。 不妨回想当我们爱上一个人的时候会有怎样的表现？是不是每天会在心里想念他千百次，试图感受他的感受，对方的一颦一笑，极其细微的情绪变化，都被我们收入眼底，因为我们希望体察到他的感受，希望能够借此更加了解他。他喜欢这个天气吗？他喜欢这首歌吗？他喜欢什么颜色？爱艺术还是哲学？喜欢纪录片还是文艺片？爱吃中餐还是西餐？无数个问题都是我们无比好奇的，而驱动这一切好奇心的无疑是那种叫作"钟情"的东西。但我们钟情于自己吗？有没有如此用心地体察过自己的感受？我们希望更了解自己吗？愿意为更好满足自己的身心需求而探索吗？能对这些问题答"是"的人恐怕很少吧。大多数人关心的是在和其他人的比赛中我能

01 款待自己

否赢？至少不要输太多。

但我们是不是忽略了一件重要的事情——担忧并不是爱和祝福。或许我们从小就把担忧错认为爱，因为很多人就是这样被养育和对待的，但这其实是个大误会，而背后的逻辑是深刻的怀疑：既怀疑孩子，也怀疑老天。我们总是想成为更好的自己，而不是更好地成为自己。这二者之间并非语法区别，更多的是生命认知的差异。

当看到很多女生（男生也有，但女生更明显，或许是出于对爱的渴望）决心成为更好的自己时，我就知道她的问题在于不够爱自己。为什么不是成为更快乐的自己、更舒服的自己、更开心的自己、更自由的自己，或者干脆就是成为自己？成为更好的自己，才能得到更好的爱情、更好的工作、更好的运气、更好的一切？换言之，如果没有成为所谓的"更好"，而只是现在的自己，就不配被老天善待吗？就像那句说起来恶狠狠的英文：You deserve it！多么可怕！想成为"更好的自己"的各位，大概从未意识到最不肯放过自己的那个人原来近在眼前，所以挑剔的眼光恶毒的诅咒如影随形：你不配得到更好的。相信吗，你浑身散发的正是"你不配更好的"这种气息……它会过滤掉一切善意，或者说，它专门会抓取一切和它匹配的信号，然后用负面营养把阴郁气息喂养得越发壮硕，最终，它长成你的金钟罩铁布衫，并让甜美的一切无法近身。

若非此刻，更待何时

你现在就值得被爱，尤其值得你自己去爱。不信去看看你拥有的：你还活着，不是吗？难道你不认为这是一件天大的好事，而且非常了不起吗？经历了魔幻而多舛的 2020 年、2021 年，你依然不这么认为吗？

此时，我们不妨回头看看武汉小护这两三年间的生活。二十六岁时的烦恼在二十七岁的她看来已不值一提。二十七岁时，她又有新的忧虑，同时，为此前没有珍惜美好的时光而深感懊恼。其实信的字里行间已有结论：心烦意乱无异于浪费生命。与此相对，珍惜生命的方法自然就是活在当下，体会每一刻的美好。

有一个事实尤其不该被忽略：小护姑娘在二十七岁时新增的忧虑在后来也没有真的发生。所以，致使她无法好好生活的并不是那些问题本身，而是她对于问题无穷无尽的想象。她成功地用对未来的恐惧毁掉了今天的感受。如果有些事情不可阻挡，不如等它发生以后再去烦忧吧。反正焦虑也不能让你获得任何好处。

理智上或许我们可以明白某些念头是无用且无益的，但在实际生活中化解习惯性焦虑仍然不是一件容易的事情。这除了需要觉知，还需要练习。

还记得前文说的"水库"比喻吧？每个人都有一座情绪水库。既然是水利工程，首要作用自然是防汛抗旱，保障下游安全。在情绪水库的下游，就是我们的身心健康。水库还有次要作用，比如发电，类比到人生中就是追求事业、生活目标。水库还有些更次要的作用，包括灌溉、供水、航运、渔业、旅游，不一而足，这些无非相当于人生的附加价值。至于河川径流的多变性和不重复性，就像我们生命的外境，变幻莫测。为了避免时而洪水泛滥时而干旱断流的窘迫，我们需要好好掌握情绪水库的使用方法。如果你因为看中人生的高附加值而让水库永远保持高水位运行，纵然灌溉、供水、航运、旅游等等会带来不少收益，却容易因为贪婪而招致真正的危险。不要忘了，水库存在的首要和终极理由是蓄洪防灾，最大限度地避免水患，保障下游安全。

人生中总有春风得意马蹄疾的日子，我们不妨把这段时光看作是上天的恩典，而非理所当然的常态。保持警醒和不贪恋的态度，在雨季到来前，提早泄洪，排空库容，才是对老天恩典的最好回应。如果不能在紧要时刻容纳特大暴雨，让洪峰顺利通过，水库还有什么存在的必要呢？仅仅是为了灌溉农业或是发展旅游赚钱吗？这样舍本逐末的理解多么荒唐。为了下游安全，也就是身心平衡健康，哪怕损失掉全部收益也是绝对值得的，毕竟没有什么生意比生命更宝贵。

当然生而为人，总有些无处安放的隐秘情意结，那些不能言说无法排遣的心事就像水库的日常蓄水，并不会对大坝造成压力。但你要时时留意，丢弃无用的念头，排空冗余的蓄水，永远为自己留有余地，如此才能让水库避免险情，让下游安居乐业。丢弃无用的念头，就是在汛期到来前为排空库容而做的泄洪准备。

首先，我们需要意识到情绪库容是有限的，并且主动探索警戒水位的具体数值。方法也很简单，就是充分觉知自己的感受。什么样的压力或者情绪让你觉得不舒服，是肩颈紧绷还是腰背酸痛，或者头痛、胃痛？如果有这些状况发生，不要去忽略他们的存在，而要首先回应你身体的需要。立刻停止给自己施压，转而去做一些让身体感觉放松或者愉悦的事情，一切等到感受变好之后再进行。即便是天塌下来，那个被病痛控制、浑身僵硬而不自知的人也不可能成为擎天一柱。何况，多数情况下，"天塌下来"不过是你的灾难化设想。实际情况是，很多千钧一发会随着时间推移自行消散，你要做的不过是睡一觉，等待天亮而已。

"雄鸡一唱天下白"本来描述的是共时性现象，时间久了，却给雄鸡造成了巨大的误解和压力。其实，雄鸡缄默不言，太阳照常升起。有时事件的解决并非源于我们的努力，而是它自己的规律。作为情绪水库的照管者，这是我们需要明了的事情。别去忧虑我们无能力解决的问题，把节省下来的时间和精力投入到我们可以做的小事中，每次完成一件，就像俄罗斯方块放对了位置，预泄了库容，让生命有了宝贵的腾挪空间。

  如果你想要看到改变发生，解决当下问题的办法就是像一座维护良好的水库一样，保持清醒和警觉，以开放的心态去面对一切未知。当你准备好了，坦然迎接改变，总能得到好的反馈。

生命永驻的是那些活在现实中的人。

——路德维希·维特根斯坦

当梦想无法照进现实，学会灵巧敏锐地生活

假若你不执着于自己的计划，而认为老天或许还有更好的安排，一切就截然不同。

很多时候，要想生活愉快，你需要一些信念，比如，你觉得自己会受到老天眷顾。深刻的信任会让你悦纳老天的安排，而信任往往存在于生活细节中。

一个简单的实例可以帮助我们更好地理解这种信任。端午假期，我去瑜伽馆上课，课程是很早就预定的哈他瑜伽，授课的 Chinmay 老师我也非常喜欢。我正点抵达,却发现车位一向宽裕的停车场竟然满员。前面的保时捷抢先把自己塞进墙角的最后一个位置,我的车和另外两辆一起愣在原地,进退两难。此时距离上课不足 5 分钟,我有点懊恼,再等下去就会迟到,而我最讨厌在瑜伽课上迟到,我不想成为自己讨厌的样子。一时间,各种念头在脑海中一拥而上。有指责声:你为什么不早点出门?另外一个声音马上反驳:早 5 分钟就能确保我占得车位吗?不一定吧。

熟悉的宁静从心中升起,脑中的辩论渐渐止息,另外的念头轻快地浮出水面:假若你不执着于自己的计划,而认为老天或许还有更好的安排,一切就截然不同。转念之间,我决定顺应内心的声音,接受老天的建议,看看接下来会发生什么。我迅速联系前台,抱歉地请假,然后把请假回家的消息告诉了猫头鹰先生。

一刻钟之后,我已到家。停好车,发现千菊丸君在花园里等我,它正站起身,把毛茸茸的大脑袋从白色木栅栏的孔洞里探出来,笑笑地看我,喉咙里冒出一串焦急的哼唧声。我赶紧扑上去安抚这个大宝贝,一面将门前日式花园的小美好收入眼中。

墙边的龟甲竹需要经常灌水,小小的蓝杉却热爱干燥土壤。铺满灰色碎石花坛里,一小片地被景天、一丛花叶芒、一丛细叶芒和一株绣线菊站在各自的位置上摇曳生姿。这片日式小花园简洁美好，但说实话，在这个忽然多出来的下午，它们看起来格外美好。当初商量给这一块地方种些什么时，已经帮我打理花园超过十年，早就成为老朋友的马总说，少即是多。那空地怎么办？露着土总是不好看。马总看我一眼，你喜欢日本庭院的风格吗？如果可以接受，我们就在种植以后再撒几袋灰色小碎石。很多时候，控制，而不是无边无际的发展造就了美。

"少即是多"是对生活有真正指导意义的实用美学标准。但在某些特殊时刻，你尤其能感觉到自己的心如你的所见一样安宁，静谧，自由，舒展。鸟声在燥热的下午成为美妙的轰鸣。

如果不是失去车位，怎么会有后来这些美妙心情？某些念头在暗中招引，安闲地延宕着自己的影响力，我于是开始想念顺义的农场。

新生的小孔雀有没有长大一点？头上有"刺青"花纹的大鹅还和它的家人一起悠闲地晒太阳游水吗？每次看见它们在阳光下闪着微光的亮白色羽毛就忍不住感慨：都不用防晒霜啊，经年日光浴，依然白得耀眼。今年小区里虫子多，农药打得也勤，因而千菊丸君的啃草愿望总是无法得到充分满足，为此，它愤愤不平。丸丸的简单心愿在农场里随时可以达成，而且充足的阳光和丰沛的水源也会让草的味道更鲜美吧。

说起来好像是我们的农场，其实老田才是主人。但，有什么关系呢？老田关心鱼塘和大棚的收成，我们喜欢场院里没遮没拦的天空和成群的鸡鹅。苏东坡不是说过"江山风月，本无常主，闲者便是主人"吗？在每一个惊艳时刻，我总会误以为自己就是主人。

黄昏之前，我们启程奔赴郊区。下了高速，就要拐进通往农场的小道，却先被满眼的金黄色震惊了。那是一大片盛开的向日葵。这片田地我很熟悉。确切地说，从早春时节我就注意到它了。除了地理位置特别优越——就在每次来顺义农场的必经之路旁边，还因为田野开阔，周边的田埂上还立着几个稻草人。稻草人哦！这可是我第一次见到真的稻草人——四十五岁，人生仍有惊喜。我曾有点好奇，这位稻草人在守护什么，穿件灰蓝色棉衣，系一条鲜红围巾，像模像样，风雨无阻。而今天，谜底正式揭晓。是这样盛大的揭谜仪式啊！向日葵们把自己的圆脸庞托举起来，不发一语，轻易掀动欢乐的浪潮。雾霭沉淀在低空，夕阳把今日份剩余颜料悉数涂抹在西边天际，绵绵密密，越低的笔触混杂越多的暗影，就这样一路画到农田边沿，然后，陡然耀亮。

不少路人和我一样，把车丢在路边，奔向鲜艳富饶的向日葵田，而最终在地头倏然止步。那是如假包换的地道蜂鸣声，一团一团声势浩大的蜜蜂正发出"生人勿近"的警告——它们显然比我们有更充分的理由靠近这些硕大花朵。我没站在葵花前留影，我只给葵花留了影。人类拍照时难免矫揉造作，尤其和大自然在一起时，两相对比，自惭形秽。不过，懂得自惭形秽说明此人仍然保有觉知，在证明了自己的充分觉知后，我奔向路边的车子。猫头鹰先生和千菊丸君都在等我。

如果不是因为找不到车位，我怎么能遇见田野里沐浴着斜阳盛开的这个向日葵家族呢？而且不早不晚，它们正值盛世美颜。一份真心实意的礼物哦。老天从来慷慨，童叟无欺，所有不贪心的孩子定然大喜过望。无须上下求索，苦思冥想，寻找礼物，我们要学的最多只是接收礼物的技巧，那种叫作灵巧敏锐的技巧。

所谓暗示其实再明显不过：事情和你计划的不一样。所以，你怎么决定？要继续一板一眼按自己的计划来，还是索性翻开另外的剧本，期待那个不一样的安排？

微信朋友圈里，因为小波疫情而被禁足京城之内的亲友团对着向日葵们的合影惊叹不已，纷纷问我去了哪里，景区叫什么名字。是哪里呢？问题简单，答案复杂：我想说这只是一处普通路边的普通农田，碰巧在某一天爆发了小小的奇迹。就在不远的河谷草地上，还有老乡带着真正的德国牧羊犬，赶着百十来只各色绵羊，咩咩地叫着，像一团斑驳的白云，松垮着

01 款待自己

飘过来……对了,我们还曾经在路上遇见过一头驴。牵驴的大叔看见车上的千菊丸觉得甚是稀罕,而丸丸也对大叔的驴很感兴趣。于是,红脸膛大叔把驴牵得更近些,一张毛茸茸的大长脸伸向车窗,玻璃洞开,驴脸几乎填满窗口。它的眼睛好大,睫毛好长啊,我赞叹着。但显然,驴冒犯了千菊丸殿下,丸丸强作镇定,喉咙里开始酝酿愤怒的低吼。于是,亲切友好的会面结束,我一面挥手向大叔道别,一面驱车离开。丸丸从车窗探出头,朝他们的背影咆哮两声,算是警告。

这些遇见都好可爱啊,但除非你像我一样对毛驴身上的臊气不以为意,奇遇才能变得更加彻底。当然,你可能皱着眉轻轻摇头,虽然好玩儿,可是不怎么卫生哦。那么,去期待一份清洁卫生的奇遇吧,或许真的会有呢,散发着淡淡的来苏水味道,只要你确信那是自己想要的。另外一个深思的人可能会问:干不干净倒不是重点,这些遇见也确实挺好玩儿,但有什么用呢?问题难倒我了,真的,这有什么用呢?偶遇一头驴,或是在路边邂逅一片盛开的向日葵,有什么实际的用处?它们能帮你还上房贷吗?能帮你赚回被股市吞掉的本金吗?能帮你打开职场的僵持局面吗?能让孩子在升学考试里占尽先机吗?有时它们的作用不光不如发一篇论文,甚至还不如上一堂网课。这些所谓奇遇像是一个在紧张考试中看向窗外的时刻,不过几秒的偷闲,却让我们非常开心。柔软的内心因而能供给自己更多能量，那是生命的营养。而且我想反问：此刻你深陷焦虑，会让生活变得更容易吗？愁眉不展和郁郁寡欢何曾有助于幸福和成长呢？

因为找不到车位而改变行程，这样的小事几乎每天都在发生。怎样才能让这些发生在自己身上的小小阻碍不会长成抱怨，甚至转而生出惊喜，根源在于我们的心境：小小的不顺利是我的错吗？是其他任何人的错吗？都不是。它只是就这么发生了。与其质问为什么被上天挑出来去经受动荡时光的那个人是我，不如认清现实：我们所有人都会时不时地遭受这些。去抱怨你无法改变的事情没什么效果，不如把时间花在那些你能改变的东西上，比如把不得不接受，变成满心满意的悦纳，然后为你生命中未曾期待过的灿烂的向日葵田发出由衷赞叹。

找不到车位并非事关重大，在我们所经受的考验中有些极为严峻，但这就是命运的样子，生活并不总是公平的——最重要的是我们不要期待所谓公平。当我们了解在某些人生周期总会有各种理由导致的考验，那么选择接受就是最省力的方法，通常也是最好的。

做人得务实，务实的意思不是只着眼实利，而是对未来抱有现实的期待，同时接受老天的建议，灵巧敏锐地生活。坚持错误的假设会导致生活中的许多悲伤，而它们原本可以被编排成一出轻喜剧。

　　真正勇敢的灵魂往往赞同灵巧敏锐的生活,当涨潮时,顺流漂浮,保持体能比拼命游回岸边更安全,也更智慧。以策略性的安静面对人生困境,不只能令自己保持优雅,还会鼓舞许多前来认识你的人,更重要的是,无论风向哪边吹,我们都常常可以让自己处于顺流之中,并且在适当的时候继续前行。

任何想法、字眼或行为阻碍我们成长和自在活着，就是伤害。

——多娜·法喜

以文字为马，圈出一片私人领地

大脑果然会选择性地忽略伤痛，而假使你误以为它是对的，就会淡忘自己成长了多少，以及为什么出发。

身在职场，经常被要求写点什么，甚至我们的日常工作也总是和报告、计划、总结，乃至个人简历交织在一起。这些名目五花八门，内容却充满限制的创作，往往让多艰的职场更添几分辛酸。我们为考核、晋升、求职、评定而写，这些听起来终有收益的创作为应付相关体制框架和要求而写，并无发挥空

款待自己

间。若是为自己而写,则文字完全无须他人过目。既连过目都免了,自然也没有他人评鉴一说。兴之所至,心之所向,写到哪儿,写多少,悉听尊便——这个"尊",正是自己。

我曾半开玩笑地对猫头鹰先生抱怨:"我的笔记本电脑被你用来写了半天公文之后怎么就变傻了?完全不是从前那个反应机敏的电脑,连键盘都是涩的,不好用了啊……"

他一脸苦笑:"有那么夸张吗?不过那些东西我自己写着也觉得头疼。"

是啊,如果电脑都不情愿,敲击键盘的那个人又会怎样呢?

公文也好,微信朋友圈也罢,所有终要示人的文字都不可能写尽感受,因而也都不能算是写给自己的东西。即便此刻,我满心欢喜,以手指轻盈敲击键盘,仍然深知,这些文字并非只是为自己而写——所有应约而来的都不算数,为自己当然要随性随意随心,无须冥思苦想,只有自然流动。

前两天收拾房间,从一个久未翻动的柜子里找出一只旧皮包。蔚蓝色,鸵鸟皮——这令人疑心的审美真的属于我吗?皮包沉甸甸的,我狐疑地打开,里面居然有三本日记,都是四五年前的。我喜欢每年用一本新的Moleskin记日记。Moleskin笔记本早已不再固守传统的黑色,现在每年推出的新鲜本子包含各种马卡龙色,纷繁绚烂,而我会依据迎接新年的心情选定自己喜欢的一种。眼前的日记,竟然还有一本黑底白色波点封面的米老鼠限量版……看来，无须翻动，本子已经开口讲述陈年旧事。

这是为自己而写的证据。

我翻看，饶有兴味。

年代并不久远，往事依稀可辨，但当时的情绪早被时间湮没，能让往昔重新浮出水面的，唯有日记。

我曾问一位朋友：你写日记吗？本以为会得到斩钉截铁的回答不写，毕竟这样才像是硬汉给出的标准答案。不想他却说中学时本来有写日记的习惯，但后来发现日记本被母亲翻动过，于是撕掉，不再动笔。他的语气平淡得像在讲不相干的市井往事，但眉梢眼角仍有柔软的表情一闪而过。虽然，我所知道的他历经大小场面，早已喜怒不形于色。

初夏的午后，我们再次聊起日记。

"当年的日记会写自己的情绪吗？"

"不会。"

"有真正意义上的秘密吗？"

"没有。"

"那都写些什么呢？"

"生活日记。"

"记录生活琐事，就像效率手册那种？"

"比那个具体。"

"为什么从初中开始写呢?什么触发你写的?"

"不知道……忘了。"

"觉得应该有个自己的地方,自己的空间?"

"嗯,是吧。怎么想起问这个?"一连串的回答之后,他终于开始反问。

"在写书,写到为自己写点什么这一节,想了解一下。"

"明白了。"

"我觉得这是一个减压和自我梳理的好办法,写点什么,不讲章法,想到哪儿写到哪儿……意识流写作。"

"确实是,就是这个意思。我记得当时日记风格学的冰心的《陶奇日记》。"

"为什么学她?喜欢她的风格?"

"自然,没有目的。"

"觉得温暖放松?"

"对。没有观点,只有现象。"

……

我问得直接,他答得简洁。

"你在做什么?"

"看论文。明天博士生答辩。"

"写什么的?"

"AKI。"

若非此刻，更待何时

"用我能听懂的话？"

"急性肾损伤。"

"在论文和我的问题之间切换，费脑子吗？"

"不费脑子。跟你聊天不累。"

"为什么？"

"有一说一，不用编辑。"

"明白了，也是意识流。问完了，你忙吧。"

和简单的人说简单的话，我喜欢这种问答，我想我的朋友也喜欢。在一个处处要求态度和立场的社会，位置越显要神经越紧绷，当"不得有误"的压力日益迫近，尤其需要一个无须表态的时空，这是灵魂喘息的地方。我从来不预设立场，不随意评判，不道德审判，也不给人乱贴标签，我知道，这些是很多人乐意和我交流的原因。如果有像我这样的朋友，当然可以用对话舒压，发送心情，厘清头绪。但假若身边没有可以进行意识流对话的朋友呢？那就和自己对话吧，用书写的方式。

以文字为马，圈出一片私人领地，神圣不可侵犯——这就是为自己而写。不试图复现生活，只复现当下的意识，不区分，不修辞，不粉饰，单纯地写下当时的念头，回应此刻的意识，无论它是回忆、联想，情绪还是愿望，把所有交织的画面记录在纸上，按照原样，一比一复刻。书写让内心的潮汐退去，岸边的岩石自然裸露。

为什么用纸和笔，而不是电脑键盘？我的答案大约都在我的日记里。

翻开 2015 年的日记，字迹是墨蓝色的。这让我很吃惊：这种颜色的墨水竟然也曾是我的喜好？真是不可思议。印象中小学三年级开始用钢笔，墨水的颜色成为重大选择。我喜欢纯蓝和黑色，但妈妈认为蓝黑色墨迹可以保护视力，于是为我作了决定。我其实不喜欢那种颜色，它看上去如此陈旧、刻板、无趣……后来，我也买过纯蓝色墨水和黑色碳素墨水，再后来，大概吸引我注意力的故事越来越多，关于墨水的种种逐渐淡出视野。

然而，我居然在 2015 年的时候又用上了墨蓝色墨水！当时我用的应该是日本产的三菱中性笔，和小时候所见的国产蓝黑色墨水不太一样，这种墨蓝色稍显明快。但是，依我看，它完全没有黑色的沉着冷静和经典。现在，我用黑色墨水写日记，用紫色墨水记录梦境。在日记中考古，我获得重大发现——当时一定发生了什么，给我带来了变化，至少是情绪上的变化。说到情绪，略显潦草的笔迹和行文语气处处透出不耐烦。虽然也会写到美好时刻，但更多时候讲述的是被从美好氛围中拖走去做这做那的经历以及满心的愤懑和无奈。

若非此刻，更待何时

2015 年 8 月 19 日　星期三　多云

关上电视，耳根清净。

传媒的功能被过分夸大了。在夏天的夜晚，比起爆炸性的新闻，你还是应该听听虫鸣。现代人的生活方式是愚蠢而自虐的。大概唯其如此，才能对抗不断发达的医疗技术，让人不至于活得太久，以至于占据和消耗地球上的太多资源。

2015 年 9 月 13 日　星期日　晴

刚才遛狗，和一只凶悍且富于挑衅意味的狗狭路相逢。它差点对 PP 发起攻击，而我已准备要对它迎头痛击。惊魂未定。再次觉得环境令人厌恶。

堵车。节前的北京，像糖炒栗子一样，都在锅里，不由分说，挨挨挤挤，被人翻炒。幸福感少得可怜。

但今天还是做了不少事：打扫、燃灯、诵经，还去了健身房。

但没有什么与改变有关的消息，也没有惊喜的转折。或许只应该埋头，过自己的小日子而已，心安理得。

2015 年 9 月 19 日　星期六　晴

天气宜人，但我还是打开了冷气。

遛狗时，淇淇执意去找四喜。四喜奶奶凑巧在门口择菜，

01 款待自己

于是放四喜出来玩儿，还顺手给我一袋豇豆，说早上去怀柔摘的，让我带给我妈。淇淇和PP都很开心。

2015年10月13日　星期二　晴

现在是晚上十一点半，下午录节目，做足底按摩，去金湖吃东西，顺路接我妈，然后回家。

身体不爽，什么也不想干。身体爽的时候也不想干。也许也不是身体的问题，而是，一种莫名的倦怠。很久以来一直存在着的巨大消耗可能终于让我觉得疲倦了，不想再忍耐下去，也不想再坚持了。好无聊，一切都。

2015年10月16日　星期五　霾

今天不用上班。从昨天开始，整个人就轻松。真是好讨厌去工作啊。也许明年重新上直播，状态会好些吧。

18日是截稿的日子，但直到今天还是不想动笔。没有头绪，烦。

人真是一种奇怪的动物，不光要活着，还要虚荣地活着，做很多无意义的事情，换很多不见得有价值的成果……然后再彼此攀比，乐此不疲。这个圈子，鲜少有人能跳出去。

我也不能。还要在意周围人的眼光，注意所谓的社会评价。归根结底，在一个正常社会的成熟人群中，这些并不太有必要，

若非此刻，更待何时

不是吗？

曾经那些欢乐的日子去哪儿了？

那天起风天寒，遛狗时见猫头鹰先生穿一件T恤，忽然想起那一年的国庆，和W、Z同游颐和园。也是大风四起，我穿毛衣仍然不敌冷风，于是Z把夹克脱给我，也是只穿一件T恤。那是多久以前的事了？至少也有十七年了吧？想念他们，也想念当初的自己。有一种心情，多年不再，那样美好，那样轻盈而充满期待，那样心无挂碍……

坐在一楼，越来越冷。咖啡也冷在杯底。一瞬间有种淡淡的不明所以的忧伤。似乎看着生命之河从眼前缓缓流过，宁静，也感伤，也无可奈何。

煮了一锅红枣汤，吃完，身上暖和多了。但想着这一天没干什么，又莫名的懊恼和焦虑。就是那样一种感觉：什么都不做，是浪费时间，做了什么，其实一样浪费时间。一天，就这样过去了。

此刻，如果真要许下愿望的话，会是什么呢？酥油灯和檀香在四楼佛堂燃烧，寂然中有几分温暖。属于秋天静夜的温暖。

2015年10月18日　星期日　多云

无所事事却愉快的一天。猫头鹰先生摘了海棠，红彤彤地装了一钵，挺好看。去健身，买水果，然后回家，开红酒。

01 款待自己

2015 年 10 月 20 日　星期二　阴有小雨

约定吃饭的日子，下周。或许又是一桌人，一大桌。我并不讨厌，只是不会应对。这确乎是个短板，但若应对自如，也就不是我了。

低头看，我的宝贝正躺在我的脚边，安然睡去。

瞬间特别开心。除去纷纷扰扰的世界，其实我想要的幸福并不难，是吗？

狗狗终于出现了，我之前一直疑惑，自己为什么不开心，有那么可爱的两只金毛猎犬相伴的日子，现在看起来是如钻石般珍贵且无法重来的日子。大概就是花在珍重之事身上的时间却实在少得可怜。本末倒置，何来喜悦？

2015 年 10 月 30 日　星期五　晴

推掉一切约会，只是中午去拿了几服草药，然后回到家里，打开电暖器，和金毛们在一起。点亮鹿鹿送的五彩琉璃小灯，心情温暖而明媚。

2015 年 10 月 31 日　星期六　晴

万圣节。雕了南瓜灯。爸中午从小卖部买了两个南瓜，我们一人雕了一个。人到四十岁，依然可以有自己的第一次。

若非此刻，更待何时

下周每天都有饭局询问，邀约纷至沓来。

周围的朋友圈也似乎一直在汰旧换新之中。上周四和 Z 晚餐，很多话题已经没有交集。生活固然还是寻常样貌，但各人的感知却已大相径庭。她还在絮絮地说着这个或那个朋友的种种磨难和不如意，好像繁花之下的局促破败，然后在我表示惊叹之后说：唉，其实家家都有一本难念的经，但是别人只会展示光鲜的一面出来，那些不好的都不会让你知道。我说当然，别人也没有义务展示伤疤给你看。那样说的时候，我觉得自己的语气沉着镇定得令人吃惊。

依我看，恐怕是她自己的生活出了些问题吧。现在还在搜集证据阶段，一切只是为了证明，她不是一个人——不是只有自己生活得无精打采，那些貌似过得明艳动人的家伙，也只是貌似而已。道理是没错，但仅凭这个还远远无法给自己打气。毕竟，隔壁邻居也没有粮食的消息并不能缓解你的饥寒交迫。所以我猜想，她应该还没找到应对之道，惊魂初定，正在拼命说服自己吧。

2015 年 11 月 18 日　星期三　阴

空气中飘荡着一股雪前的气息。冷，湿。想起《红楼梦》里薛宝钗的冷香丸。今天是海王星停滞顺行的临界点，飘雪前的气息或许刚刚符合醒转来的状态。

01 款待自己

海王星的状态提示我们注意所有传达来的讯息,包括见的人,说的事。确实有趣,上午开车去地坛医院采访的路上忽然想起 ZH,然后,下午他就来信儿了。

2015 年 11 月 21 日　星期六　雨夹雪

海王星顺行。做了一夜各种怪梦。人生又进入一段迷茫不清、停滞不前的时段。

心绪不佳。大概和昨晚的信息只得到潦草的应答有关。生活的能量悄然发生改变,但对每个人的影响到底是什么呢?一时间还看不出来。懒懒的不想动。一直不想动,也提不起兴致。也许是夏天的事情,影响延续到了现在吧。生活怎么能连一点有趣的小花絮都没有呢?

晚间,稿子结了一篇。猫头鹰先生带了一瓶薄若莱。或许这就是人生的讯号?新酒上市,为佳美葡萄,干杯。

2015 年 11 月 27 日　星期五　晴

习字几天,很喜欢。有种自由的感觉。写字的时候真的很安静很享受……

2015 年 12 月 10 日　星期四　晴

很多天没写日记,但一直写毛笔字,临帖。挺有趣。

若非此刻，更待何时

没有什么特别的事情发生，除了联系 ZJ 来录节目，然后通过他得知 LY 的近况和微信号，然后重新联络上。昨晚上又和 LF 加了微信。忽然觉得消失了很久的人重又浮出水面。算起来，几乎是上一个"羊"年认识的人了。是巧合吗？还是宇宙能量使然？

遛狗时各种喜鹊在头顶上叫，飞到面前的树权上，楼顶上，让人不能无视它们的存在。是要传达什么消息呢？

看来，这是 2015 年下半年的日记。而其中的很多情绪我早已不记得，一丝一毫都没放在心上。

日记掀开了往日一角，时光中有痕迹，铁证如山。若非面对文字，我会认为那时的我和今天并无二致。然而，事实令我讶异。在日记中考古，我重温着字里行间掩埋的幽微心绪，兴致勃勃。纯蓝字迹大约是为弥补学生时代的遗憾，自由选择始终是人生幸福之关键。所以，当我用学生钢笔和纯蓝墨水书写时，我大概回到九岁，正上小学三年级。关于 2015 年秋冬，我能确切记得的生活情节大约只有人生中第一次雕刻南瓜灯，还有小雪时节开始重新拾起写大字的兴趣。从十岁，到四十岁，相隔三十年之久。这次，我不再是七岁的娃娃，我可以自己挑喜欢的字帖。于是，我放弃柳公权，选了颜真卿，从《多宝塔》到《勤礼碑》，然后再临欧阳询的《九成宫》。

01 · 款待自己

然而，在此之前，居然还有绵延的挣扎，盘桓不去的希望和失望……大脑果然会选择性地忽略伤痛，而假使你误以为它是对的，就会淡忘自己成长了多少，以及为什么出发。但这只是为自己写点什么的附加值。这些文字的更大意义就在你书写的当下，在那个痛苦或者焦灼以及充满不确定的时刻，你的情绪得到释放：你在倾诉，你在倾听，你被理解。所有的一切，集合成了你的生活的某个瞬间，那是你自己的清明上河图。

> 没有人不爱惜生命，但很少人珍视他的时间。
>
> ——梁实秋

无论幸福还是不幸，一切都不会长久

转瞬即逝，这是宇宙的常识。

One, two, three, four, five, six, seven, eight, nine, ten.

在瑜伽练习中，保持平衡体式时，我们对时间极其敏感。有时候老师会故意放慢口令速度，特别是终于从 nine 过渡到 ten 的时候，体式已经坚持了很久，哪怕间隔只多零点几秒，也让人抓狂。但多数时候，对于时光的流逝，人们不以为意。

款待自己

从前,家中的时钟会滴答作响,手表的秒针一刻不停地滑行,但现在,存在于手机和电子腕表上的指示,早已失去了白驹过隙的象征意义。

你会感觉到时间的流逝吗?即使没有滴滴答答的秒针或者钟摆?在一个晴朗的午后,你和你的狗狗一起散步,此时,一只喜鹊从楼顶展翅,滑翔到旁边的银杏树,站定在一根枝条上,这个动作,只需要两三秒。当你们走过一栋房子,听见花园门口的铜质风铃正被风摇动,发出悠长的一声"叮",尾音要四五秒钟才会消失,在这期间,你们刚好走到房子的转角。天上的白云聚拢又散开,往往需要更长的时间才能看出构图的变化,不过起风的时候,云彩就走得很快。珠颈斑鸠的叫声很有特点,一会儿呜呜咽咽,一会儿叽叽咕咕,无论是哪一种声调都好过一位每天练习的花腔女高音邻居。如果有时间,不妨数一数,一分钟它们会叫多少声,然后你会发现,一分钟竟然可以如此漫长而且悠闲。

但我猜你大概不会这样做,因而也就无从发现有些时间比其他时间更缓慢。那个被喜鹊和风铃标记的几秒钟,似乎远比其他同等长度的时间更明显,也更重要。虽然喜鹊滑行和风铃响动会经常出现,但每一次都不相同。而且,只有被你听到和看到的那一刻,才是特别悠长的。

若非此刻，更待何时

养狗之后，生活和自然关联得更加紧密，这让我对时间的感觉也更灵敏。在一座四季分明的北方城市，一个负责任的狗主人需要结合季节和天气以及狗狗的体质通盘考量，随时修正外出活动的时间，以保护它们的身心健康。而作为狗主人，额外福利就是，你能更真切地感受到自然万物的脉搏。

三年前的秋天，午后微雨初歇，云层裂开一道缝隙。我在离家不远的路口站着，身边是四个月大，顽皮异常，不肯回家的千菊丸君。忽然，我的右肩被谁轻轻拍打了一下，扭过头，见一片树叶就停在我的肩膀。深蓝的牛仔衣上，那片柿子树叶安稳地躺着，叶子并没有完全变黄，而是黄绿混合，还微微泛着些红。我拿起落叶，回望枝头：累累果实依然在缓慢成熟中，但这片叶子，死掉了。一秒钟之前，它还在树上，一秒钟之后，它离开了。和刚刚吹过的微风关系不大，只是它的时间到了。秋天来临，树叶离开树枝是自然现象，但是，哪个时刻该谁离开却充满了偶然，对这片叶子来说，刚才的一刻，意义重大。它不再感知这个世界的阳光、风和雨水，它也不再需要来自树根的营养，经历某个过程之后，它自己将化为滋养土地和树根的营养——一个巨大的转折就这样轻轻地发生了。

在清迈一家度假酒店的餐厅吃饭时，我曾见证另外一片树叶的死亡。它从树冠打着旋飘落时，我正在位于露台角落的餐桌前喝着橙汁，面对着清幽的山谷和极其高达挺拔的热带植物。

我的目光追随它，足有好几秒，最终，它落在露台外面的花丛里——一场足够悠长和唯美的消逝。在郁郁葱葱仿佛永远不被打扰的时光里，我愣住：忽然想起所谓常绿树木，它们的叶子并非永远鲜活浓绿，生命的更迭在这里以更隐秘的方式发生着。

人类一向喜欢伤春悲秋，看到花谢了叶黄了，不免会联想到自己的生命进程。如果以树叶为单位，每天大概有数以亿计的死亡发生在我们周围，不过被看见的寥寥无几，而这些"看见"本身也充满偶然。我们不妨认为，这些"看见"其实是来自老天的善意提醒：时间在不断流逝，而你眼中稳定的世界其实每时每刻都不一样。正因为如此，快乐不会持久，悲伤也不是永恒。下一刻，一切都会改变。

这个道理最早由一位朋友讲给我听，当时我们正沿颐和园西堤散心——散心的主要是我，他负责陪伴。事到如今，我早已忘了忧伤的理由，也不记得他现身说法循循善诱的故事，只对一段对答印象深刻。

我说：如果是你，怎么办？

他说：最难过的时候，我什么都不干，就等着太阳咕咚落下去，然后跟自己说，太好了一天过完了，然后蒙头大睡。等睡醒就是新的一天了。

我问：但如果新的一天还是很难过呢？

他说：那就再等着太阳咕咚掉下去，继续蒙头大睡。以我的经验，顶多一个星期，那件事儿就没那么重要了。

我笑了一下，忘了问他太阳落下去为什么还要"咕咚"一声，最后我们以一顿快餐结束了散心之旅。那是个北京深秋的下午，风很大，天很冷。我记得岸边的垂柳还绿着，那些在风中摇摆的柔软枝条和会发出"咕咚"声响的太阳一直在我记忆深处熠熠放光。

我觉得他是个心理大师，情绪疏导时直中要害。他并没帮助我解决眼前的问题，但他告诉了我更重要的事实，问题自然会被消解。世上的一切始终处于变化之中，欢乐和痛苦首尾相连接续不断。无论是幸福还是不幸，一切都不会长久。转瞬即逝，这是宇宙的常识。

大自然每天都在向我们昭示简单的道理：时候到了，太阳自然出现，时候到了，太阳自然消失。星系的王者尚且如此，何况是我们人类，以及人类的烦恼呢？但没有人听见。慌乱的现代人大概连太阳是什么时候升起和落下的都浑然不觉，大家深陷于自己的人生规划以及由此而来的迫近焦虑中，无暇他顾。

古人礼佛讲究"晨昏三叩首，早晚一炉香"。早晨和黄昏的光影变幻最为显著，让我们更容易觉察时间的流逝，也更容易生出对天地造化的敬畏之心。相比之下，我更偏爱黄昏，这大约和夜猫子型的作息有关，但又不仅仅如此：日出固然绚烂，但白天的大光明往往会模糊了黎明的印象。而日落就不同了，苍茫时分，暮色四合，一切正好让浑圆的夕阳和嫣红的晚霞完美显影。

黄昏最美的时刻通常只有不到十分钟。自然的光影调和到极致，人间的灯火刚刚点亮，这个时刻大概在每个季节都不一样，因为要随日落的时刻而微调。落日有时金黄，有时通红，这要看当天的天气和大气透明度。但除非阴沉到不见天日，这个时刻总是绚烂无比，令人难忘的。

拍摄晚霞的习惯是在 2019 年冬天养成的。几乎每个下午，我和千菊丸都会出发去郊野，然后赶在天黑之前折返。每天黄昏，我都行驶在乡村公路上，两边尽是旷野，视野极开阔，一边橙红色，一边淡粉色。橙红是落日的余韵，淡粉则是月亮的背景。从后视镜看过去，凑在车窗前的千菊丸毛茸茸的剪影被镀上一层金色。我更加紧迫地感觉到时间的流逝：当看到浑圆的落日边缘接近树丛时，必须马上找地方停车才能拍到它最红最美的样子。几分钟之后，太阳完全没入地平线，只剩下天边低云上残留的一团光晕。天完全暗下来，我们闯入黑夜的领地。

若非此刻，更待何时

如果你能意识到时间正在流逝，自然就能明了很多答案。或者，更明确的说法是，正在消逝的并非时间，而是我们自己。每时每刻，我们都在消逝，而你毫无觉察。

有个二十六七岁的男生曾写信给我，说他最近在思索两个问题：好马真的不能吃回头草吗？一段只有感动没有激情的感情可以进入到婚姻吗？

他说自己是江西人，大学期间跟同班一个青海姑娘恋爱，姑娘家在农村，人非常贤惠。毕业后，他们在同个单位异地工作。第二年春节前，两人一起回了男方家，男方父母也挺喜欢这姑娘。原本计划暑期再去女方家见父母，可刚到夏天，姑娘突然说家里要她回老家考事业单位。接下来姑娘辞职离开江西，男生也没过多挽留，大概因为预感到女生这次一走就要"永别"。果然，她的分手短信来了。

当然，男生后悔当时没有丢下工作挽留女生，失去了才觉得她是最爱。后来男生也曾尝试和其他人交往，但完全不在状态。

信的重点在于两个月前的一场变故。男生的父亲突然查出肿瘤晚期，虽然做了手术，但医生说最理想的结果也只还有三到五年的时间。男生说自己的婚事成了父亲的一块心病。他想尽快结婚，但又心乱如麻。

01 款待自己

乍一看，他的窘境来自父亲罹患重病这个突发事件，父亲希望他尽早成婚，了却心愿，而他是个孝顺儿子，于是把自己不甚理想的恋情摊开来，希冀从中找出较为满意的选项。人生中的关键事件好像虫洞，让时间弯曲，把人逼到墙角。似乎必须牺牲自己的幸福，才能让别人不留遗憾。

来信中不乏类似的悲剧事件：挚爱亲人在你未曾料想的时刻迎来人生终点，而在死神阴影笼罩下的父母亲仍对子女的人生充满期待和不放心——这是他们人生不舍的一部分。但一个经常被忽略的事实是：在父母人生流逝的同时，你的人生也在流逝，以相同的速度。每个生命都有自己独特的重要性排序，有自己心中的任务清单。牺牲自己的人生去填补别人的期待，这种想法是非常疯狂的。真正的幸福从来无须靠牺牲别人的幸福得来，这是常识。作为至爱亲朋，他们更不会需要你付出如此大的代价，假若他们知道那对于你意味着什么，我打赌，他们绝不会要求你那么做。

如果你必须为他们做些什么，我想，没有比陪伴更好的了。共同感受时间的流逝，让这段时间内彼此生命的流逝交织成共同的体验和回忆，这难道不比一个虚妄而危险的承诺更有价值吗？在可以把握的时间里，尽量幸福地在一起，除此之外，还有什么更好的方法吗？

如果每一天都如是珍惜，人生就会省却很多遗憾吧。该去挽回心爱的姑娘就从江西追到青海，该去回家陪伴父母就向公司请假，想要安静独处就回绝你不喜欢的邀约，此外，在任何时候坚决不谈没有心动感觉的恋爱……每个遵从内心的决定都在帮你珍惜时间，也就是珍惜生命。

> 到头来,真正重要的不是生命中的岁月,而是岁月中的生活。
>
> ——亚伯拉罕·林肯

好好吃饭,好好睡觉

所有的此刻都是唯一,而你自己也是唯一。所以,照管好自己,好好吃饭,好好睡觉,好好休息。

我对时间感觉敏锐大概源于从小的经历。呱呱坠地,从产房被抱回家,我就住在小六部口胡同。在城市尚不十分嘈杂的 20 世纪 70 年代,电报大楼悠扬的钟声是生活中很多重要时刻的背景声。早晨,爸爸妈妈如果听到七点的钟声再出门上班,就铁定要迟到了。但假若我们在钟声响起之前就赶到了 338 路或者大 1 路车站,并且上车,一切就很从容。上小学后,我中午还是会回到小六部口胡同的奶奶家吃饭。如果在"长篇小说连播"结束后立刻出门,而不是等到 1 点的《东方红》钟声,就可以沉着地约上小伙伴走着上学。否则,就非得飞奔到 14 路车站,坐一站车了。

奶奶要蒸馒头,打发我们到院门口踮起脚去看看大表几点了是常有的事儿。家里的闹钟有时忘记上弦,走得不准,或者干脆停了,可电报大楼的大表不会。于是,这个一到晚上指针刻度会自动变成荧光绿色的大表,成为了家家户户大人校准闹钟和手表的神器。

我有时会想,假如我没有住在电报大楼附近,是否就会以太阳西斜、日上三竿一类的概念来标记生活?或者干脆把一切与时间有关的概念扔到一边,完全按照自己的喜好来度过一天乃至一生,丝毫没有紧迫感?但事实上,即便是在慵懒时刻(请相信,我的人生中遍布这样的时刻),我仍然能够清晰地感觉到时间的流逝,听一首歌,看几页书,晒太阳,喝咖啡,给狗狗梳毛,开着车……同时,感觉到时光汨汨,好像一条平静宽广奔流不息的河。

七八岁的时候我已经开始伤感,星期天从公园回来,匍匐在床上,想:今天玩儿得真开心,可是总有一天我会长大的,和爸爸妈妈一起无忧无虑的日子不会永远继续下去……没有人懂得小女生的忧伤，而我至今记得被我凝视的那条提花床单，黑底，橘红和金黄纹理，好像非洲某部落的图案。

原以为对时间的敏感是人类共有的，但其实我误会了。

我的那种"天下没有不散的筵席"，"所有的一切都将会失去"被认为是浪漫主义，而所谓现实主义的时间敏感则被简化为对效率的粗暴追求，或者干脆就叫作"时间管理"。当然，有些时间管理是很可爱的，比如，我刚刚在朋友圈看到的这种：

"去火车站接我爹，行李外，他还拎个袋子，袋子里是一只鸡。我爹告诉我，早上出门时，把鸡从冰箱里拿出来，坐火车两小时，加上来去车站一小时，鸡呢，自然化冻。到家就能炖，炖好，孩子到放学时间，你出门去接，我下面条，孩子进门，鸡汤面正好上桌。"

而接下来一条是：

"亲姥爷牌鸡汤面，孩子进门，刚端上桌，分秒不差。"

钟爱这套"时间管理"大概源于我内心对食物的尊重，对于"按时吃饭"的家庭我一直怀有极大敬意。好好吃饭，好好睡觉，这些不正是有着珍贵仪式感的生活本身吗？这不是零碎，而是对于身体和自己的爱。至于那些把人生活成效率手册，利用一切碎片时间图谋学习进步的人，我却总是喜欢不起来：在那么奇异美好的日子里，你居然只认得那些知识吗？可是，整天贩卖知识的人又怎么能意识到自己的无知呢？

午饭之前照例带千菊丸君散步。他嗅闻、排便、做标记，我感受他带我感受的一切。我们每天在固定时间散步，非高峰时段，小区里出没的人狗都少，环境清幽，心也瞬间安静，这个时候，一缕风，一只鸟，一两只蝴蝶，还有应和着季节的植物会更多吸引我们的注意。不过，今天，我把全部注意力贡献给了一位外卖骑士。他全副武装，骑着摩托疾驰。他离我们太近，而且速度太快，马达轰鸣，但我想他心无旁骛，只有系统里所剩无几的时间和下一笔订单。我心里一惊，担心丸丸的反应，一手抓紧牵引带，另外一只手赶紧去摸零食。骑士呼啸而至，显然没有注意到我们的存在。我还没来得及把肉干送到丸丸嘴边，丸丸已经被惊到了。在嗡嗡的声浪中，丸丸烦躁地低吼，然后愤怒地向前扑。虽然我紧紧地牵住丸丸，但外卖骑士还是吓了一跳，车子一抖，摔倒在地上，两瓶水从后面的箱子里滚落出来……幸亏已经送完了这一单，我想。不过他的手还是破了皮。我连忙道歉，关切地问他怎么样，然后把滚落到旁边车位下的水瓶捡出来，还给他。他稍微整理了一下衣服，扶起躺在地上的摩托，重新跨上座位，沮丧地离开。

曾经，小区里是很安静的。但大约从三四年前开始，摩托车越来越多，小区的秩序也日渐混乱。

我批评了千菊丸君，提醒他遇事要冷静。"外卖骑士疼不疼？摔坏了怎么办？"我问丸丸。丸丸看了我一眼，别过头去，眼神有点委屈。我也觉得道德绑架式的说教实在无趣，摩托车的巨大噪音本不该出现在安宁的生活里，既危险又烦人，即便是我自己，也很想愤怒地骂上两句呢，何况对声音极为敏感的丸丸。

雨后的路面有点湿滑，而外卖骑士太过专注。他的人在小区里，但神思却在系统和算法中。与我们错身的刹那，他的脑海里大概满是滴滴答答的倒计时声音。这也是一种时间管理，其中包含着巨大无奈，对于自己和世界的全然忽略。近年来的很多新兴行业都怀着强烈的企图心，用算法篡改人的习惯，抹掉人的情绪，让一切变得精准，把人打磨成更光滑的棋子，以适应下快棋的贪婪。

我刚读过那篇刷屏文章《外卖骑手，困在系统里》。作者满怀诚意地在开头写下：文章很长，我们试图通过对一个系统的详细解读，让更多人一起思考一个问题——数字经济时代，算法究竟应该是一个怎样的存在？

文中写：分属不同公司的外卖骑手们都清晰地记得，就在某年某月的某一天，他们送达同等距离的时间从接到订单的那一刻就被压缩掉了几分钟，时间从系统里消失了。"时间失踪事件"每年都会上演一次，天长日久，所谓的"技术进步"就需要以外卖员的疯狂甚至生命来实现。

付出生命的或许是外卖骑手，但付出代价的其实是整个社会。早期的试验性心理研究证明，时间紧迫的感觉会打破我们的价值观并且改变我们的行为。一群刚刚研习过利他主义寓言的学生被派到附近一间录影棚拍摄讲道内容。一半人被告知时间充裕，不用着急；而令一半人被告知赶快动身，要迟到了，错过时间就录不成了。然后，在他们的必经之路上有人故意躺在路边呻吟，就像他们刚刚复习过的寓言故事里那个被匪徒袭击的旅人。研究人员想知道这些学生的个性和他们研读的寓言故事的性质对帮助他人有何影响，结果发现，时间压力才是影响最大的因素。没有时间压力的学生中，2/3 的人停下脚步救助路边的"伤者"；而被告知时间紧迫的学生中，仅有 1/10 的人停下来！当今的生活方式，正给大多数人带来巨大的时间压力，让人透不过气来。而善心善行差点儿让虚假的紧迫感破坏殆尽，我们难道不应该对此保持警觉吗？

所以，这种由算法而带来的高效生活真的让我们感觉更好了吗？我们拼命挤压抢夺来的时间后来又都浪费在了哪里？社交媒体？网络游戏？还是真人秀节目？当然，还有参与需要刷积分的网络课程以及充满陈词滥调的视频会议……我们冒着天性受阻，做不成好人的风险，勉强挤出时间来，就是为了参加一个关于"如何成为有理想有道德的人"的培训，这个逻辑能够自洽吗？

何止外卖骑手，每一个人都生存在某种算法中，为了满足生活的需要——而非达至生活的平衡——很多人都像外卖骑手一样疯狂。而今天,情况越来越糟。一位朋友告诉我,他们夫妇需要每天早上边开车送孩子上学,边在车上打开软件学习,除非如此利用时间,否则无法达成考核目标。每日必须完成的任务很多,规定时间,规定动作。和孩子的升学大考一样,大人们若不能顺利通过,也会付出代价。这是一套严密的系统,你需要自愿选择被打磨成光滑标准的螺丝钉,以备随时被拧在合适的位置上,特别是当上一颗螺丝钉报废之后。

但催人奋进的算法里有个巨大的 BUG,竟然瞒天过海,无人发现——所有人都不知道自己的生命有多长,离去的时刻何时到来,对么?就像叶片离开树枝,像螺丝疲劳断裂,其间充满偶然。假若生命的时间有限,而且每个人余下的时间各不相同,那么大家一起追求在相似的时间内达成预定目标,齐头并进地攀登人生巅峰,又有什么意义呢?那个当年在家宴上对着我们畅想 30 年后养老生活的男生,三年前就不在了。所以,我们所拥有的宝藏难道不是无法预知终止日期的生命吗?如果只剩一年生命,你打算用掉多少时间来刷软件换积分呢?又打算花多少时间和客户应酬推杯换盏呢?

朋友家的金毛猎犬突然走了,当时她正有事外出,没能陪在狗狗身边。事后,她很后悔那些加班应酬的晚上,流着泪说应该多陪伴可爱的狗狗。是啊,面对生命的离去,惋惜和遗憾

若非此刻，更待何时

实属必然，但我发现一个奇怪的现象：所有人在哀悼逝者时都仿佛认为自己是永生的，正是这种幻觉让我们浪费了自己的时间而不以为意。不是要把那些觥筹交错的酒宴时间节省下来给送给狗狗，而是要把每一分钟花在好好生活上面，唯其如此才能好好成为自己。没人能保证自己可以活到耄耋之年或是古稀之年，也没人说得清身体会以怎样的方式开启衰退，但我们都知道这一切必将到来。

黑天鹅理论的核心在于，所有已知的都不重要，你所不知道的那些才是事情发展的决定因素。所以，虽然不知道能活多久，但活着的每一天都是值得被好好对待的。意识到时间的流逝意味着你知道某些东西永不再来，承认失去的是珍贵的，不可复制的，这会让生活难以为继吗？还是更有理由庆祝，为我们此时所拥有的一切？

所有的此刻都是唯一，而你自己也是唯一。所以，照管好自己，好好吃饭，好好睡觉，好好休息。这样的认知有助于将我们从异化的社会中解救出来。

02 不如觉醒

对生命毫不珍惜的人才会把自己当成工具使用，并且浑然不觉。

任何时刻，你都能选择更贴近自己的心灵，或者远离它。

——一行禅师

尘世是座游乐场，由你来决定哪些项目重要

这真荒谬对不对？对自己体罚，对自己冷暴力，然后把这一套虐待称为"励志"。

"尘世游乐场"是我们微信订阅号的名字。听起来玩世不恭，其实恰恰相反。认真对待生命，才会把尘世当作游乐场——无论身在何处，无论人生际遇怎样，都要善用每一次选择的机会，珍惜宝贵的生命体验。最早的订阅号以我的名字命名，后来，我觉得"我"没有那么重要，哪怕形式上也是如此。

若非此刻，更待何时

"我"的重要和珍贵在于对生命独一无二的体验，所以，何不有话直说，以节省大家的时间：尘世是唯一的天堂，尘世就是我们的游乐场。

果真能把尘世间的一切事项都当作游乐场的游乐项目的话，多半问题将忽然消失，而剩下的问题，应该确实是些重大的人生课题，它们会帮助我们善用人生，好像钻石最终被打磨得闪闪发光。

2018年5月，我决意为订阅号更名。我仍记得那个定名的上午。我坐在石榴树的树荫下，千菊丸君在旁边的木甲板上假寐。我们都很享受这样清朗的上午，我家的石榴、紫藤、香椿、玉兰和邻居家的西府海棠围合成一片微型森林，和近前的竹林呼应，是鸟儿最爱落脚休息的地方。一只鸟从我的头顶偏左振翅飞过，听动静就知道是珠颈斑鸠。我看向丸丸，丸丸正抬头盯着飞鸟的方向……这样的时刻，我们都感受到了极大的放松和乐趣。你不需要做什么，不做什么是更好的选择。我甚至想，如果悉达多王子当年遇见的不是菩提树，而是石榴树，结果会有什么不同吗？我爱极了那个上午，石榴树荫，斑鸠，白头鹎，我亲爱的狗狗，还有树荫下那个自在的我。

尘世游乐场，就是这样吧。

关于热爱生活，林语堂先生说过一句，"尘世是唯一的天堂"。认为达成某个目标之后才可以开始享受生活的人，往往

02 不如觉醒

因为过于紧张和郑重其事，让每天的生活失去了基本乐趣。而如果正在经历的每一天都不让人感到乐趣，你到底是在高效地生活，还是在高效地戕害生活呢？对俯拾皆是的美好视而不见，还有什么是比这更大的浪费呢？

这些并非源于醒悟，而是源于对生命的热爱，这种热爱会让紧绷的神经放松，同时让精神得到极大的解放。

平静是有益身心健康的，但我们日常的目标和梦想，关于以后我们一定要过上怎样的日子的执念，往往与此为敌。假若这个梦想中没有自己，只有目标，那么成功时难免会沾沾自喜，但你很快就会因为发现成功并不能解决一切问题而开始失望。而那些没有达成目标的人，恐怕更是一直用别人的生活打压自己，于是永远生活在沮丧和愤怒中，难以自拔。对生命毫不珍惜的人才会把自己当成工具使用，并且浑然不觉。

其实，假若说人体是台精密设备倒也没有什么大错。何况现在很多人都明白了要定期保养的道理。只是，你确认过哪些保养才是这台神秘设备真正需要的吗？

我曾听到一个年轻女孩侃侃而谈"爱自己"，她先介绍自己的经验：如果回到家太累太烦，她就会把玫瑰花瓣撒在浴缸里，舒舒服服地洗个泡泡浴，让自己充分放松。她说还在家里装了一个秋千，遇见不开心的人和事之后，回家坐在上面，稍微摇晃两下,好像回到童年,能够减压。她最后的结论是:我们女孩子就是要对自己好一点。我想自己当时一定露出了惊讶的神色,继而哑然。女孩子就是这样对自己好一点的?对于善待的理解居然可以如此浅白?当时她回过头来笑着问:思伽姐,你说呢?我终于还是直言不讳:我觉得任何时候都可以用玫瑰花瓣扔进浴缸或者洗脚盆,假如你真的喜欢被玫瑰花瓣包围的感觉,即使每天在家门口和过道上都撒满花瓣也没什么不可以,但这些都不是问题的关键。重点是,你是否有能力对讨厌的人和事说不。如果每次泡完花瓣浴,只是为了第二天有精神一大早挣扎起来,然后出门面对让自己筋疲力尽的世界,这样的人生就没有什么起色,这样的日常也永远无法让你由衷地快乐或者实现成长。我们的人生难道已经沦落到要靠泡泡浴、玫瑰花瓣和秋千来滋养的地步了吗?这些道具也许能带来一时的轻松,但不可能让人真正元气满满吧。想让自己充满生命力的话,恐怕不能指望它们。

我的坦白大概出乎她的意料,我能感觉到她的尴尬,但实在无法不纠正她的概念。因为这个花絮就发生在我的新书分享会上,我可不能允许这么大的误会出现在《闲着》的读者面前。这位姑娘,是主办方请来的现场主持人。她的出现成为现场一个惊悚的花絮,我和搭档对望之后垂下眼帘,各自惊出一身冷汗。

爱自己等于驱使奴役了自己一天乃至一周之后以泡泡浴和秋千盛情款待一下吗？还是尽力避免陷自己于疲惫不快的境地？

苏东坡是爱自己的，所以他说："江山风月，本无常主，闲者便是主人。"所以他一边发明了肥而不腻的东坡肉，一边仍然写"雪沫乳花浮午盏，蓼茸蒿笋试春盘。人间有味是清欢"。他才不会平白给自己许多限定和束缚，所谓爱，就是要充分尊重生命的价值，把有价值的生命投入到真正热爱的事物上。这些事物是荤是素并不重要，你衷心的喜爱才让它们变得重要。

因为爱自己，自然也会爱他人，爱世界。真正的爱是对生命和世界的一种甜蜜感情，将这种感情注入自己的内心，你自然会带着爱意看待世间的所有，所有接触到你的人，必然会感知到这种发自内心的甜蜜和温暖，这才是爱。著名作家王鼎钧先生说要"以有情之眼，看无情世界"大概也是这个意思吧。

爱自己的苏轼就很有情。宋哲宗元祐四年（1089），苏轼回到阔别十五年的杭州任知州。元祐五年（1090）五六月间，浙西一带大雨不止，洪涝灾害让百姓面临最艰困的时期。苏轼组织民工疏浚西湖，筑堤建桥，兴修水利，造福一方。杭州民众非常感激苏轼这位贤明的父母官却又无以为报，后来听说他在徐州、黄州时最喜欢吃猪肉，于是等到过年，大家就抬着猪肉担着米酒来拜年。苏轼收下年礼后指点家人把肉切成方块，烧得红酥酥的，再分送给参加疏浚西湖的民工们吃。取之于民，用之于民。民工们吃到这些肥美的红烧肉都啧啧称奇，说从来没吃过如此美味，因为是用苏轼的独特烹饪方法制成的红烧肉，于是大伙儿一合计，就把苏大人的名号加在美食之前，亲切地称之为"东坡肉"。美名和美食相伴，流传至今。

既然看起来亘古不变的江山风月都无常主，这容易腐坏变质的猪肉又留它做甚？何不用自己精通的方式烹来速速分与众人食，这可比"赠人玫瑰，手有余香"更有活泼的生气，既豪迈又可爱。

从无匮乏感的人才会懂得爱，爱自己，爱万物，爱尘世。他的爱就是爱，而不是控制和交易。而那个喜欢玫瑰花瓣泡泡浴的姑娘显然习惯以焦虑驱动生活，让人心疼。她的逻辑大约是先要拼命压榨自己，然后在达成某个目标之后再给自己一些小小的奖励，比如极限到来时放进嘴里一块糖，让自己能生出继续奔跑的勇气，咬牙坚持奔向终点。虽然，我们都知道人生真正的终点是什么。

众所周知，人类对马戏团的猴子也采用了同样的手法。或许具体方式更残酷，因为无论如何，马戏团的环境是不适合野生动物生存的，而且，假若能够自己选择，动物们也绝对不会为了一两顿饭和零食而舍弃奔跑的自由。动物们是被迫遭受虐待的，所以，文明社会才要坚决抵制马戏。然而，与此同时，

02 不如觉醒

很多人正以相似的方法对待自己,在所谓文明社会,我们还不能选择解放他们,因为他们的行为完全出于自愿。

这真荒谬对不对?对自己体罚,对自己冷暴力,然后把这一套虐待称为"励志"。

我记得那个用玫瑰花瓣款待自己的女生穿着一双细高跟的裸色皮革绑带凉鞋,上面饰有亮闪闪的水晶珠片一类,脚上是肉色半筒丝袜。我注意到她的鞋是因为她站立不稳,走路姿势也有些奇怪,甚至还险些摔倒。她显然是刻意打扮过的,穿着自己认为最好看的衣服,可惜不太得体。

有些姑娘会在任何重要场合穿上她们最好的衣服,比如约会,或是参加活动,并不管是在哪里约会,以及参加什么活动。这并不少见。我还记得 2008 年五一假期,我带着两只金毛猎犬去蟒山森林公园,结果遇见了满山穿着蓬蓬裙和高跟鞋爬山的姑娘们,当然,旁边还有她们的男伴。她们难得休息,但我又觉得这样的娱乐对于她们也并非休息——事实上我觉得她们永远没法休息,因为一直都在忙着爬山。

我很想告诉那位姑娘露趾的凉鞋里不要穿丝袜,在书店主持分享会穿件白衬衫就很好看,但是最终我没有那么做。我不想当别人的人生导师,也没有资格。我告诫自己:你并不知道她一路走来受了多少委屈,还要挑剔她的衣着是不是得体。**我也认真反思,是不是对于过度用力争取的人总是看不惯,因为**

若非此刻，更待何时

觉得这不是最好的方式。他们完全可以更好，而且生活得更好，抵达比他们自己的预定目标更美好的地方。

但他们自有道理：别人出生时就在山顶，而他们却来自大山脚下的低地，因此必须格外努力，勇攀高峰，而且搞到上山的门票也是好不容易呢。所以，不能休息，至少要到达无名高地才能稍做喘息。熟悉吗？"条条大路通罗马，而别人出生在罗马。"我不知道是谁编造了这套有明显逻辑缺陷的说法，然后成功地贩卖给了年青一代。相比于大山，难道不该首先认真地对待自己吗？

"不适合"总是最令人难堪的，无论衣着还是道路，而且越努力越凄凉。认真对待自己，就自然会被感受引领，而不会让别人的期待或所谓成功范式左右你的选择。

多数人喜欢用丑小鸭的童话勉励孩子坚持做自己，但我觉得寒号鸟才是典范。寒号鸟因为得过且过的劣行而被人熟知，是个充满悲剧色彩的反面典型，它是人教版小学语文二年级的课文《寒号鸟》的主人公。《寒号鸟》原是一则广为流传的民间故事，根据元末明初文学家陶宗仪撰写的《南村辍耕录》中的片段改写。通过讲述一只喜鹊和一只寒号鸟对做窝过冬的态度和结果，试图告诉学生一个哲理：要认真对待生活，不能得过且过，更不能懒惰，否则后果不堪设想。故事是这样的：

山脚下有一堵石崖,崖上有一道缝,寒号鸟就把这道缝当作自己的窝。石崖前面有一条河,河边有一棵大杨树,杨树上住着喜鹊。寒号鸟和喜鹊面对面住着,成了邻居。

几阵秋风,树叶落尽,冬天快要到了。

有一天,天气晴朗。喜鹊一早飞出去,东寻西找,衔回来一些枯草,就忙着做窝,准备过冬。寒号鸟却整天出去玩,累了就回来睡觉。喜鹊说:"寒号鸟,别睡了,大好晴天,赶快做窝。"

寒号鸟不听劝告,躺在崖缝里对喜鹊说:"傻喜鹊,不要吵,太阳高照,正好睡觉。"

冬天说到就到,寒风呼呼地刮着。喜鹊住在温暖的窝里。寒号鸟在崖缝里冻得直打哆嗦,不停地叫着:"哆啰啰,哆啰啰,寒风冻死我,明天就做窝。"

第二天清早,风停了,太阳暖暖的,好像又是春天了。喜鹊来到崖缝前劝寒号鸟:"趁天晴,快做窝,现在懒惰,将来难过。"

寒号鸟还是不听劝告,伸伸懒腰,答道:"傻喜鹊,别啰唆,天气暖和,得过且过。"

寒冬腊月,大雪纷飞。北风像狮子一样狂吼,崖缝里冷得像冰窖。寒号鸟重复着哀号:"哆啰啰,哆啰啰,寒风冻死我,明天就做窝。"

天亮了，太阳出来了，喜鹊在枝头呼唤寒号鸟。可是，寒号鸟已经在夜里冻死了。

多么悲惨的故事，多么可怜的一生……

不过，好像很少有小朋友嘲笑寒号鸟，或者对绝不能"得过且过"的训诫铭记在心，对他们来说，还是男一号的几句台词令人印象深刻："哆啰啰，哆啰啰，寒风冻死我，明天就做窝。"多么合辙押韵，多么好玩儿。

为弄清寒号鸟的故事，我专门请教过博物专家。这才知道原来故事里的寒号鸟并不是鸟类，它的学名叫复齿鼯鼠，是种"会飞"的哺乳动物。现实生活中的复齿鼯鼠当然不会真的在每年冬天被冻死，它只是冬眠而已。至于"不做窝"这条罪状倒没有冤枉它，但不盖房不等于没房住，鼯鼠老兄一直利用其他鸟啊松鼠啊用废的窝来冬眠。

多么省事的方法，多么聪明简朴的孩子！我喜欢寒号鸟。对于我的结论，博物专家哈哈大笑。

难为古人先要在悬崖峭壁上观察生活，然后再编撰一大堆故事来教育晚辈。但不搭窝的"寒号鸟"难道不是更好的榜样吗？知道自己需要什么，不过度铺张地使用物资，也不白白浪费时间精力，这明明是一位深谙宇宙法则的生活大师嘛。不是只有一种方式来应对生活的挑战，未雨绸缪也不仅仅关于物质上的储备，知道你是谁，找到那条独特的道路，就能达成你的幸福。

我们不只一直误会了寒号鸟，可能还一直误会了老天。天道酬勤，但勤奋和节俭，不只意味着忙碌劳作，不停储蓄，更包含懂得欣赏一切无须花费的美好，因而不多占物资，亦不浪费人生。顺境时善待世界，逆境时放过自己。

爱自己的方式也远不止于接受物质奖励，更重要的是懂得善用拒绝的权利。我就是喜欢摩天轮，不喜欢海盗船，所以，我会选我想要的。当你看清眼前的尘世是我们此生进入游乐场的唯一机会，就不会勉强自己跟随别人做不喜欢的游戏了。而且，奢侈和美好有巨大的区别，享受美好并不昂贵。美好不仅限于艺术和图画，更深刻的美好存在于我们面前的整个大自然，自然中的一切声音、色彩、气息……乃至气氛。

要勇敢而平静地坚持做自己，让生活成为本来的样子。尘世是座游乐场，由你来决定哪些项目是不重要的，于是，它们不再重要了。如果你是寒号鸟，那就坦然地面对喜鹊们的群嘲，坚持选择别人弃用的旧窝，然后大大方方入住，准备冬眠，绝不因周遭的误解而改变自己的生活方式。我们真正需要的东西没有那么多，而我们的生命又弥足珍贵，假若你也这样认为，那么，在行动之前就一定会认真问自己，这件事是不是我真正喜欢的，值不值得投入热情、时间和精力。决定了，再去行动。把自己投入到真正喜爱的人、事、物上，我们就不会感到焦虑、茫然或者失望，相反，我们内心会充实而喜悦。当然，喜悦上面没有大大的 logo，无法向别人炫耀。

2018 年 5 月的那一天，给订阅号更名完毕，我出门遛狗。一抬头，天空是蔚蓝色的湖水，云彩是棉花糖的倒影，在水里游动。所有这些美好的奖赏啊，竟然分文不取。

最好的诗人，是把生命活成一首诗。最好的生活，是什么都不做，也觉得心安。最好的游乐场，就是眼前这座尘世。

> 永恒这个概念确实无上崇高。
> 然而所有永恒的时空和机遇都在此时此地,
> 上帝本人也是在此刻达到顶峰,即使再过千秋万载,
> 也不会比现在更加神圣。
>
> ——梭罗

全然活在当下,就是对美好之物的最大珍惜

为什么不安享此刻呢?既然人能拥有的只有此刻。虽然,当我们说安享"此刻"时,"此刻"正一声不响地溜走。

中午,瑜伽课程结束前,眼睛已经关闭,肩胛骨下垫着瑜伽砖,然后舒服地后弯,躺下,双臂摊开,掌心向上,脊柱没有一丝压力。"眼睛不要向上看,而要看向后脑。眼球慢慢下沉,离开眼皮,下沉,然后消失,让眼睛安静下来……"口令温和、缓慢、坚定。

闭上眼睛,我们仍然在看,而且要向后看,让眼球沉入脑海,让眼睛变得安静……如今,这些对我来说都不再困难。

想起刚上瑜伽课时,教练说去观察脊柱,我即刻扭头向后看的样子,真是狼狈,幸亏是堂私教课,但仍忍俊不禁。那时距离现在,不到一年。其间我渐渐习惯了瑜伽里的观察,不是看,而是觉知,这些我原本就熟悉却无法描述的感觉,在瑜伽里竟然会被那样坦白地说出来,真让人惊喜不已。

常常有人以为我爱思考,其实,这是天大的误会。相比于使用头脑,我更喜欢调动感官,充分体验。其实大多数时候我根本顾不上思考,因为"此刻"那么大,无边无际,无远弗届,需要感受的实在太多,哪有思考的余地?再说生活本身就是奇迹,谁会去思考奇迹呢?除非他疯了。我们还是学习童话故事里的兔子吧,光滑而轻盈地走路。思考太厚重,好像浓郁的巧克力酱,黏黏腻腻,不如我们放弃它,只单纯地坐下来歌唱吧。有时我们还要不合时宜地大笑,笑有魔法,能改变你看到的一切……

我更想做的是奇迹采集者和宇宙观察员,大概也基于此,在"此刻"制作的直播节目对我才有意义——录播节目总像彩排,不是真正的演出,还多少要修修补补,既错乱又无聊。所谓的满满干货也无非是量贩陈旧的知识而已。而直播的感觉则完全不同,某个时节,某种温度,某样气息,隐匿其中,从来不着痕迹，也不自鸣得意，流动的生命能量是真正无价的，呼吸着，生长着，变动着，绝对不容忽视。无论何时，打开节目，那个时刻就自动浮现，匆匆捕捉当时的光影，匆匆完成，带着时间新鲜的味道，其间还夹杂着那一刻的听众留言，我特别喜欢丁三活泼的文字，去年冬天，她写道：

水龙头坏了，骑车去买水龙头，不留神走了平时不走的路。不管走哪条路，都要翻越横跨在河水上的大桥。上桥不太吃力，沿途远眺微波粼粼的河水，发现有小圆球在水中涌动，细看，是有人在冬泳。岸边大簇的芦苇连成片，蜂拥着踏入河里，旺盛地生长着，背靠笔直的岸边，与河水形成优美的曲线。

当骑车从大桥上俯冲而下时，迎面吹来的风有种要把一切都吹进脑海的感觉，人也跟着轻盈起来。下桥即左转，沿着河边没有人的大路扎向幽深的小道。小道有点原始森林的气息，没人修整，大片植物藤蔓垂挂在道边的墙上，透着睡美人的城堡被植物包围的神秘感。

初冬侥幸未落的大红叶子点缀着苍劲的枯藤，厚厚的落叶积在墙脚下。墙头杂乱的叶子中窸窣着鸟的动静，偶有一只乌鸦站出来歇脚，看见我，它不以为然。因为这条小道没什么人，路过的汽车肆无忌惮，一只被轧扁的刺猬尸体让我想到这里气氛虽好，却不知多少小动物丧命在此。返程我重复这条路线，拍下照片，摘取一片带给女儿（植物繁盛时从未摘过，止于欣赏，也是这样告诉女儿的）。

骑车上桥又下桥时，脑海里涌现出妈妈骑着二四小车驮着我到处去的情景，我们分明曾经长期美好地在一起过，就像我和女儿现在一样。女儿一岁后，我总在心里浮现小时候和妈妈在一起的情景，那大概是我封存已久的珍贵东西，有些在记忆里，有些在照片里。我惊叹我们曾经那样亲密美好地相处过，这样说是不是有点伤人。当关系变得不堪，日积月累，美好变得模糊，伤害总在重复。现在想来，一个人没有办法独立生活得很好时，与周围一切的关系也将变得糟糕。老天爷的提点不一定循循善诱，善意体现在留有机会。所谓的"关系和谐"对个体生命质量并没那么重要，在不同境遇下有快乐的能力才重要，活着才重要。只要生命在，就有快乐的机会，对谁都一样。

昨天重度脑梗失语的妈妈执意坐公交车来看我们。我在楼下肯德基带女儿玩滑梯，妈妈坐在边上看着我们，我扶着刚会跑的女儿爬滑梯，女儿看着脚下的滑梯，休息时看看认生的姥姥，姥姥用唯一能说的三个字逗她笑。这样只有我们三人的简单的时刻是第一次，被收录在了我关于美好的记忆中。

当有人问，怎样才算真正地活着，我觉得，就是像她这样。我喜欢丁三的现实感。当然，我知道，在绝大多数人的辞

02 不如觉醒

典里，只有孩子、房子、车子、票子才是现实，其余的都是不可救药的浪漫主义，是非现实。不过，我并不这么认为。地球那么大，宇宙那么大，区区几十年的人生，你只愿意生活在大船的舱房里，并且误以为这就是陆地，甚至这就是地球，有生之年的每一天都在不断自我洗脑，强化这个信念……难道这就叫现实？对，你在为将来的养老问题操心，所以无心理会此时此地的美景，但，还有一个更大的现实，可能也更残酷——如果你活不到支取和使用养老金的那一天呢？当然，在坚持信念时，这大概是首先需要剔除的杂念。

什么才是生命的真相？要不要真的认为我们所在的舱位就是宇宙？或者，我们应该为争取升舱而奋斗不息吗，像头等舱的乘客试图让你相信的那个样子？我怀疑，多数时候，他们也在努力说服自己。生活在所谓物质极大丰富的时代，高速发展也催生出很多焦虑：当我们把时间、金钱、精力投入到这个世界，而最终竟然不能带走或者拥有任何东西，应该如何坦然离开？我想，能够回答这个问题的人大概都会认为明天、下周、下一年发生什么都没关系，此刻，在这里，就很好。

这里？怎么好？好在哪里？

莫奈说："每一天我都发现更多的美好事物，它们让我陶醉，我想要画出它们全部。我的头都要炸了。"对许多人来说，莫奈的状态可能太极端。但是莫奈是画家，是视觉艺术的专家，他不光享有天赋，而且一直训练自己对优美的景色保持警觉。所以，他对持续不断的美好涌向他保持接纳。我们当然不是莫奈，但是我们对于美的敏感程度可以更接近莫奈。

没有感官全开时，对生活感到无聊是人的正常反应。其实，生活甜美多汁，但是我们无法只看看闻闻瓜皮就去评价瓜的味道，我们需要一把刀，把西瓜切开。这把刀，就是感官。

当感官持续磨锐时，我们就会觉得生活开始变得有趣，一切的美好、优雅、愉悦与耀眼都被推送到眼前，我们会在最荒废的地方看到勃发的生机。同时，我们也能充分释放自己。最终我们发现：荒凉是我们想象出来的，是自以为是的大脑实验室出产的幻象，大自然里可没有这种东西。真空？虚无？怎么可能。

孩子们总能创造游戏，然后玩儿得很开心。大人之所以丧失了这部分重要的乐趣，大概是认为已经完成了从游戏中学习的任务。

那个下午，当丁三在采买水龙头的路上骑行时，我正在自家小区散步，和狗狗一起。当时，一个男人从空旷的小区花园远处迎面踱来，一边低声讲着电话，我忽然发现，声浪冲击我的耳膜，字字句句都很清晰，不想听也得听。同时，另一个方向，花喜鹊在大声叫嚷，引起了我的注意。同时，一只斑鸠在斜前方的草丛起飞，翅膀掠过杉树的树梢……我感觉自己经历了一场信息轰炸。被风摇落的法国梧桐叶子掉在地上，又投掷了一枚深水炸弹。这哪里是静谧无声的下午，明明每一分钟都惊心动魄。大自然坐拥交响乐队阵容，从来不会真的"安静"——乐手们随时练习，随时筹备彩排和演出，相比之下，人类的鼓噪太过单调和自以为是，与那些华美乐章格格不入。

梭罗称自己为自封的大雪与暴风雨观察员。刚刚过去的那个冬天，让我可以有资格自封为落日观察员——你看，我在成为宇宙观察员的路上又扎实前进了一步。而且，我发现自己是个幸运的观察者，因为总能在对的时间看向对的方向，因而没有错过那些不可思议的美好时刻。当然，这多亏了千菊丸君的帮助。

去年整个冬天，它一直在教会我一件事情，和存在在一起，感觉宇宙的美好。

北方冬天的珍贵阳光是用来招呼我们离开钢筋混凝土牢笼的。通过将近一个月的不间断练习，我已基本掌握了观看的技巧。但有时候，完成好的观看仍有赖于额外的警觉和信任。去年感恩节前的周二，我和丸丸结束在农场的玩耍，准备回家。出了鱼塘和鸡舍的栅栏门本应往东，因为我们的车就停在那里。可是丸丸却原地站定，表示出还不想上车的坚决态度。像以往一样,我充分尊重向导的意见,于是我们转而走向鱼塘的另一边,那边有一座窄窄的浮桥,我想丸丸可能希望去桥上走一走。可是,转过身刚走了两步,我不由得屏住呼吸:一只美丽的大鸟正慢慢扇动翅膀,从通红硕大的夕阳前面缓缓飞过,两条长腿微微垂着,美得难以置信。是苍鹭!这里竟然有苍鹭?!我呆立在原地,眼睛一瞬不瞬,睫毛都没有抖动一下,更没有去拿手机——我是更好的相机,抓到绝美的画面:你没法要求宇宙重演那个时刻,落霞与孤鹜齐飞,大约就是如此吧。不过,李贺在浑圆落日旁看到的是一只展翅的野鸭,而我看到翩然滑翔的苍鹭,意境相仿,或者,苍鹭比野鸭更美一些呢。我把"照片"轻轻存好。那天是11月26日,感谢丸丸,我竟然没有错过。

在北方晴朗的冬天,落日和晚霞都是由宇宙提供的节目,给能够欣赏它们的雄伟壮丽的人看。

12月11日,晴天,满月日。我有备而来,今天是专程赶到那一处,看西沉的落日和东升的圆月。我不知道天文学家观测的重点是什么,而我,只为宇宙的大美而来。时间刚刚好,我带丸丸从一处玩耍的院子出来,把车停在乡村公路的边上,我下车,站在路肩上。风舞动发梢,我的耳边钟鼓齐鸣,敲击着宇宙脉动的频率。两侧都是开阔的旷野,西边落日的方向,还有一条小河蜿蜒而过。东边,一轮巨大的月亮正悄悄升起,天空是靛青中透出暮光粉的幕布。我想起《崂山道士》,年轻慕道的王生想拜道士为师学习法术,后来窥见仙人道士在会客时表演的法术——道士用白纸剪出一片月亮贴在墙上,一会儿,那纸真的变成一轮明月,洒下皎洁清辉,室内顿时亮堂起来,后来还有筷子变成的嫦娥舞蹈助兴……魔法就是如此吧,美轮美奂。不过这里还有那位仙道没有变出来的——东边的落日和宛如巨大特吉拉日出(一款用橙汁、石榴汁和特吉拉酒调和而成的鸡尾酒)的天空。

不是在其他时候,不是在其他地方,就在此处,就是此刻。虽然没有去月宫中饮酒,但我站在无限的正中央,在每个地方、每件事物上都看到了和谐、完美与绝对的愉悦。猎猎的风从月亮吹向我,我的脸庞还沾染着金橙色的夕阳光芒,远处轻微的犬吠,以及这一切纯粹的荣耀与美就足以把我吞没。而我只能说谢谢,心满意足。

一辆辆汽车风驰电掣地从身边驶过,归心似箭的人们无视了如此壮丽的黄昏。我有点儿替他们惋惜,不由默默点数:冬季,天晴,满月,空闲和心情,还有开阔的视野,上述条件缺一不可,算一算,这样的日月同辉一年无非一两回而已。当宇宙大礼包送达时,我们是不是凑巧常常不在家?每天都在努力争取的我们,是不是应该学会感谢所有不做什么就能自动拥有的美好？

傍晚，一朵云彩正走过天边，你遇见了还是错过了？

太阳令人心安地落山了，夜空里，几颗星星兀自闪耀。天地苍茫，一切都是瞬间。

这宇宙间伟大的美好时刻，大都并非人力创造。人类如果在场，能看见听见，就已经足够幸运了。

总有一些时候，在一些地方，你仿佛能感受到宇宙的脉搏。

你们只是觉得天黑，而我们看到日落。

假若只有工作之后才能娱乐，那么工作和娱乐就都没有什么乐趣了。

这些句子是去年当时随手发到微信朋友圈的观后感。有时候，我真觉得丸丸就是老天的信使。过去这个冬天，我们一起见证了许多个美好的夕阳西下，一起沐浴在苍茫时分的绚烂中……

有一次，我拍的照片上有一条难看的电线，闪躲不开，我遗憾地说一句：如果能把电线P掉就好了。没承想，瞬间收到几张P掉电线又发还给我的图。居然有这么多人在看我的"每日落日"图片吗？我惊讶不已。原来他们一直都在，只是默不作声，或者偶尔生着闷气发条评论：这是哪儿？又出去玩

02 不如觉醒

儿了？

再后来，今年春天的一个午后，我收到一张在地铁草桥站拍摄的落日和晚霞的照片。拍照的姑娘和我并不相熟，我们只是微信好友，互相开放着微信朋友圈。我心中有小小的讶异。

她说：昨天下班后刚出地铁，抬头一看，太美好了，赶紧拍了一张。平凡日子中的小确幸。拍完照片，第一个就想到您了。

我回：真开心，能在这么美好的时刻被想起。不过，每一天都不平凡呢。

她说：说实话，我在上班的时候，经常被您发的美照治愈，否则感觉自己的脑子都转不动了。

我答：谢谢。找到让自己感到开心的事，然后可以一直重复，这样就很开心了。

她说：嗯，我加油。

她的话也是对我的奖赏，忽然觉得我和丸丸整个冬天的"落日观礼"成了一场盛大的行为艺术。当我们投入自己真正喜爱之事的时候，往往也会打动和感染他人，动人的不是语言和摄影的技巧，而是内心真挚的情感。

最美的照片也无法复制现场的震撼，所以，当大美的瞬间

到来时，最好的摄影师也应该收起他的武器，只以谦卑单纯的心向宇宙致意。全然地活在当下，就是对美好之物最大的珍惜。

　　活在这一刻，你的全部生机勃勃，于是随时可以和周遭的活泼能量发生联结。秋天的中午，和千菊丸君散步，两只麻雀飞来，我抬头，其中的一只正好掠过我头顶上方，圆滚滚的小肚子下，垂着两只纤细的腿，翅膀张开不动，太阳光照射下来，两只翅膀的边沿竟然微微透明……虽然是只普通的麻雀，但这种姿态，这个角度，对我而言，仍是新鲜的奇迹。白露之后，微风拂面，树影在晴朗的中午轻轻摇晃，这个瞬间因为我的发现变得悠长起来。

　　每一天、每一刻都不平凡。所以，你确定还要在人类可怜的小脑袋瓜想象出的计划里继续投入大量时间和精力吗？还是决定开始放慢脚步，专注于当下，观察每一刻？

　　为什么不安享此刻呢？既然人能拥有的只有此刻。虽然，当我们说安享"此刻"时，"此刻"正一声不响地溜走。

> 一旦你变得灵活了，你就会愿意去聆听，
> 不只是聆听某个人说话，你会愿意去聆听生命。
> 学会聆听是一个通晓事理的人的根本特质。
>
> ——萨古鲁

你在寻找那条对的路，那条路也在寻找你

每个人都有一个重生之年，所谓重生，并不是别人眼中的高光时刻或鼎盛时期，这完全关乎自己。

我的奇幻之旅始于大暑之前，7月20日，瑜伽200小时教培课程正式开始。大暑未至，正值中伏，城市，教室，全都溽热难耐。我坐在落地窗边，看向楼外。半分钟的时间，两辆汽车，五个送货的摩托骑士，三三两两的行人懒懒走过，几辆自行车晃晃悠悠。开学典礼要再等半小时，因为两个人还没有到。

若非此刻，更待何时

看起来平凡无奇的下午，一场随意而且非典型的开学，即将成为我为期 4 周真正冒险的起点。而这些，在那个当下，我尚未知晓。当时的我只是对于颠覆生物钟的早起和奔波心生焦虑，听说中午休息两小时又长舒一口气——时间刚够我赶回家遛丸丸。

我被波浪推到这里，满怀好奇地左右打量，寻找自己被投放于此的原因。了解我的朋友都对我参加这个培训课程大感不解：你？每天早起？和另外几个陌生人朝夕相处？你能坚持下来吗？

其间，挑战实实在在，不止体能，还有情绪。于是 10 天之后不由自问：来这儿是对的吧？我没有迷路对不对？

然后，答案来了。

课间休息时的例行闲聊，有人忽然说起喜欢跳伞，似乎和起始话题相去甚远。"跳伞"，好像一声巨大回响，一时间在我耳边钟鼓齐鸣。你能相信吗，就像在嘈杂后厨的陈旧抽屉里，我竟然发现了挚爱甜点的祖传秘方，这太不可思议了！是老天在向我喊话吗？"没错，就是这里，就是这条路，你没有迷失。"

海底火山喷发，巨浪沸腾上岸。周遭的笑语喧哗瞬间消散，退潮一般。泛着水光的沙滩上只剩下我和那句话："跳伞，我喜欢跳伞。"其实，这甚至和说话人并无干系，关于密码，他一无所知——他只是替身演员。而所谓密码，不过是老天发的那把钥匙,好像"芝麻开门",你若成功打开大门,随后的乐趣应有尽有。

看来,重生之年第十个月,我的任务完成得还不错。只要对自己的生活始终保有一点置身事外的游客态度,要发现那些线索就不太难。

"重生之年",这名头听起来吓人,类似于正骨大法之类,其实一切变化都只发生在内在,惊涛骇浪静悄悄席卷,其他人浑然不觉。

假如有人问我:重生之年感觉如何?我一定回答:太棒了。当你学会聆听,然后注意到那些老天在特殊年份为你安排的特殊戏码,生活便会由不可控的疯狂大戏变身为你愿欣然跟随的奇幻之旅。但我不确知是否有人不喜欢这种惊喜——当一个人过分迷恋掌控一切的幻觉,自然会对生活本身的美好抱有偏见。你不喜欢它们,大概是因为它们和你的期待不一样,而且它们完全不受控。但假若你只单纯地好奇下一幕会发生什么,有哪些人物出场,哪些布景更换,还有哪些时刻值得沉浸……一切将不会令你失望。

当一位纸牌师煞有介事地对我说,四十五岁是一个人的重生之年时,接近四十四岁的我既惊且喜。这位业余纸牌师其实是我的老同学,我们同龄。她满怀期待地告诉我,即将经历的四十四岁是准重生之年,也就是要为重生之年做准备的年

若非此刻，更待何时

份。要准备一年吗？都准备什么呢？我不解。就像怀胎十月，然后一朝分娩，她言之凿凿。时至今日，我终于有些明白，所谓重生，并不是别人眼中的高光时刻或鼎盛时期，这完全关乎自己，是纯粹私人化的体验，即便是亲密伴侣也无法分享（不过，因为猫头鹰先生是同龄人，所以恰好可以略微交流一下这种惊心动魄的内在变迁）。再华美轻快的二十岁、三十岁、四十岁……也无法和澄明透彻的四十五岁相比。天地如鸿蒙初开，而自己宛若新生，重生之年，就是这样。

大幕倏然拉开，壮美的舞台纤毫毕现，就在眼前。

对我，这个让人屏住呼吸的时刻就出现在去年 11 月 14 日的黄昏。那是初冬一个平常的黄昏，再普通不过的星期四，我刚过四十五岁生日。那天，我照例开车载丸丸去郊区玩儿，一个普通日子的普通安排。

生活事项的重要性排序对我不是问题：我选择上夜班，就是为了把白天的大好时光用来和丸丸一起消磨。乡间公路从平坦的田野和幽深的树林边蜿蜒而过，静谧的空气常常把我们飞驰的车子温柔地包裹起来，不由分说。而这些奇异的氛围总让我不自觉地想到奔波不息的人生：每段行程都有目的地，但这一生呢？我们要去哪里？为了什么而去？几乎每一天的黄昏都在路上，见天光远遁，夜幕低垂，还有夹杂其间的灿烂晚霞——像是演出结束后的盛大安可[①]……我满心欢愉,同时又有些迷惑。我不敢肯定,这些是否就是我想要的全部人生,尤其不能确定,现时的美好能一直持续吗?有时,变化的预感强烈袭来,我能感觉到那种对未来不可名状的隐忧正在磨损此刻的美好。

那个晴朗的星期四,我仍驾轻就熟地赶路,一边再次觉察到头脑中升腾起的隐隐的疑感。那不是障碍,我在学习与它共存。

下高速,在熟悉的路口左转,穿过牌楼,沿小路一直向北再向东,经过一大片熟悉的旷野,再穿过一个小村子,就是目的地了。

但是,抵达目的地之前,就在转向那片旷野的路上,猜,我遇见了什么?

一顶动力滑翔伞轻忽地飘坠半空,就在我们眼前。蔚蓝的天空与地面交汇,被斜阳晕染得橙黄一片,东边的整个田野如此平坦而金黄,在荒凉的冬天竟然焕发出勃勃生机。我想到凡·高临摹的那幅米勒的作品《午休》:米勒的原作画面恬静温馨,闻得见成熟稻谷的香气,而凡·高的《午休》,却铺陈着耀眼的金色,不光画中睡着的人浑身散发着活力,就连看画的,

---

[①] 安可,英语 encore 的音译,意为再来一曲。用于在演唱会上呼喊歌手返场。

也能觉察到自己周身流淌着的生命力量。我不知道被米勒重新唤醒的凡·高怎么在简练朴素、温柔凝重的原作中变化出鲜艳夺目、狂野奔放来，但我确信，就在那个下午，老天略略调动光影，在我眼前即刻重现了凡·高的技法。而这一切，仍只是背景而已。真正的神来之笔正在半空：滑翔伞带着"伞兵"，一边缓缓降落，一边校正方向。

我惊呆了，感觉自己正被狂喜的巨浪淹没。滑翔伞！几个老农在田埂边上看热闹，指指点点。而最兴奋的那个人把车慢慢停在路边，对着半空的伞，拍了张照片。是的，那个人就是我。

不如干脆叫它降落伞吧，因为"降落伞"既是密码，又是约定。

我无法解释关于降落伞的完整故事，它太绵长，太曲折，甚至，太深奥。但，对我，降落伞，就是那个密码，是"芝麻开门"，确定无疑。我在寻找那条对的路，而路也在找我，山重水复，万里迢迢……但此刻，我们居然迎头相对，在一个毫无征兆的普通黄昏，完全猝不及防。

我把遇见降落伞的故事讲给朋友，他惊诧不已。神迹——这是他的解释。

每个人都清楚地知晓那些接头暗号。在生命的某些时刻，轰然有声。

我一直犹疑地踩在路的边缘，走走停停。一时手撕雏菊花瓣：做自己更开心？还是不做自己更成功？好在，最后一朵用来占卜的雏菊在六七年前就被我揉碎扔掉了，关于做自己，我心意已决。但即便怀抱勇气，前方仍非坦途，遇有阻滞，难免煎熬。

你虽焕然一新，但仍穿着旧日戏服，演旧的角色。单凭这一点，已经足够让人灰心了。我从小不爱说话，却做了主持人，而且看起来做得还不错，这既让人误会颇深，也令自己相当费解。最让我感到困惑的是："主持人"于我何益？我不喜欢出名，也讨厌受人瞩目，一直觉得这两件事会损害自由，而自由是我最看重的东西。最近五六年，对于自己的职业，我越来越羞于启齿。我竟然做了二十多年的主持人吗？我没法向自己交代，也不明白老天如此调教，到底意欲何为？7月某个微雨的黄昏，在和妈妈发生了一次关于"遵守时间"的微型冲突后，我懊恼地开车回家，忽然醍醐灌顶。我在听，而老天已经说了，用他特有的方式。那是关于职业生涯的答案，谜题解开，我由衷喜悦。

妈妈一直欠缺时间观念，从我有记忆开始，至今未变。小时候去看电影，一家人总是迟到，总是在熄灯后由领位员把我们带往座位。在回响着电影对白的一团巨大黑暗里，一束手电筒的暖光照亮前路,这就是我对电影院的早期印象。坏习惯在我成为小学生后继续,一学期迟到二十几次仍能获评"三好学生",这大概说明我在其他方面表现卓越?也许受到遗传和身教的双重影响,我感觉自己对于时间的把握也不精准,直到……成为主持人。在广播的世界里,时间的概念被极大强调,不光迟到不行,超时也不行,空播更要算作事故。整点报时前,广告播出前,每一秒都是被精确计算的,于是,我的时间观念大大加强。时间原是测量生命的重要单位,你要足够敏锐,才能意识到时间意味着什么。那句话很无情:流逝的不是时间,而是我们。然而,更无情的还是时间:无论你开心还是不开心,当我写下这些和你阅读至此的时候,时间流逝,一刻不停。它不奔跑,也不停留,更不回头,只是一步一步,匀速向前,缓慢而坚决。

所以,懂得时间是懂得生命的基础。时间是生命的一个维度,另外一个维度是你的生命能量。要认识生命,先认识时间。

去拉面馆学手艺的徒弟,会先被派去打扫厕所,不把马桶刷干净,休想拜师。做拉面学徒尚且如此,何况要做生命的学徒?于是,这"马桶"我一刷就是20年。时间坚硬不变,宛如金刚石一般;而我们一再软化,还假装毫发无损。好在,时间没有白花。

电台直播也是法门,专门用来修行如何"活在当下"。这条互动的信息真好，选中，留下来，一会儿念，可是，一会儿路况信息来了，然后是紧急插播的寻人启事，接着又该广告时段——广告这么多，待到播完早已时过境迁，仿佛一个时代结束了……自然，那条属于上个世代的信息也不再适用。"错的时间遇见对的人"，除了遗憾错过，别无他法。日复一日，月复一月，年复一年，直播复直播……天光亮了又暗，人潮涌起又退去，直播间是个封闭的盒子，但盒子里的人对此时此刻有了更清晰的觉知。

我一直需要的那个解释，总算寻获。其实哪里是我在搜索，明明就是它自动现身。而四十五岁的聪明就在于，当答案浮现，你能瞬间认出它。于是，现在的我终于可以原谅当初的我——浪费了那么多时间和气力在说话上，特别是当我对语言深感厌倦的时候。我是解甲归田的战士，舒缓着自己僵硬的筋骨，终于可以"谈笑间樯橹灰飞烟灭"，腰椎、颈椎、肩膀，所有的旧伤仍隐隐作痛……秘密任务忽而有了崭新价值，伤痕也连带被授予了特别勋章。

对了，我是不是忘记了交代"降落伞"和"回家"的含义？

降落伞其实是一本书里的梗，而那本书对我意义重大。书里还有其他一些梗，比如蝴蝶和毛毛虫，以及吸血鬼……（晚些时候，我在生活中都一一确认过了。）那位主人公好像是生活在另一个星球上我的分身,只是在了悟的道路上,他的进展远超过我。所以,每当自我怀疑袭来时,我便想求助于他,看自己是否还在对的路上。我按照最珍重自己也最有益于地球的方式生活,虽然这在周遭的人看来有些疯狂和不可思议。她为什么要放弃这个工作机会?她不想晋升吗?我知道周围有人会这样问。我不放弃任何机会,在我的道路上。我专注地学习那些好玩儿的东西,让自己的好奇心深感满足,并且收获了很多额外的乐趣。我当然想要晋升,不过是在灵魂进化的道路上。所以我参照灵感而非计划生活,尽量减少限制,甚至纵容自己突破时间的壁垒,起床、吃饭、睡觉、锻炼、阅读、娱乐……一切都由内在热情做主。我不计算,只简单地维持收支平衡,因为没有既定目标,所以仅对发生的变化做必要的回应。我专注此刻,保存能量,捍卫自由和生命力,大多数时候不挂念明天。回家,不就是让生命回归它最初也最重要的价值吗?不是成为更好的自己,而是更好地成为自己。

这样的生活始于四十四岁的盛夏,起心动念之时,好友向我推荐了这本包含着"降落伞""吸血鬼""蝴蝶和毛毛虫"的奇书,一套三册。

"降落伞"是加密的路标,在你犹豫时提示方向,好像《格林童话》里用面包屑导航的点子。唯一不同的是,我的运气更好,面包屑没被野鸟吃光,于是我才能循着记号,找到回家的路。

在童话里，一切顺理成章，故事早成定局，无可更改。但在现实中的你我，命运悬而未决，期许和妄念源源不绝，纠结亦难以避免。你可能非常怀疑回家是个好主意吗？会不会还有更好的选择？毕竟大多数人并不认为"回家"是一件值得夸耀的事情，"做自己"也不过是个噱头，假如自己并没有那么闪亮夺目，干吗不做个成功的别人呢？所以，与童话世界不一样，生命中最难的部分不是面包屑，而是你愿意坚持寻找来时的路。

我们始终在路上，在不同的道路上。读完最后一本，合上书，我在机舱的一团黑暗里呆呆地坐着……此时，我们的航班正飞越北极上空。我的座位挨着舷窗，回过神来，我把暗沉的玻璃调回透明状态，阳光随之透射进来，飞机外是无尽碧空，舷窗下飘浮着一朵朵绵软的白云，再向下，就是冰雪覆盖的墨色荒原。忽然，眼泪簌簌滚落——剧情是这样安排的吗？我竟然会在1万米高空体会心灵的自由？竟然可以恣意流泪而不需要和别人解释为什么？随之而来的是极度的畅快和轻松，再也没有一块石头压在胸口，我清楚地看见我的道路，于是心安，渐入梦乡。

秋分启程，长途奔袭，没有旅伴，这样的安排在我的人生中极为罕见。猫头鹰先生本应同行，但种种小插曲让他最终退掉机票，留在家中。我略带遗憾地独自开始旅程，此时却无比感激这样奇巧的安排，如此宽松的个人空间，让我尽可以在十几个小时的旅程里安静地消化所有震惊和喜悦。集慷慨、狡黠于一身的老天如此体贴入微，竟然为他的一个普通孩子做了最细心的安排。不得不说，我太喜欢这种被默默关照的感觉了。

其实，从那时开始，我所经历的一切，都在为即将到来的重生之年做着铺垫。每一块拼图都要尽力寻回，收纳妥帖，很快，他们都将被派上用场，就像游戏中的俄罗斯方块，放在适当的位置，然后让障碍成片消失。从前的人生亟须进行认真检视，因为我要确认余下的旅程还需要哪些行李，其他全是枷锁，悉数抛弃就好。不用过度担心路线，你知道的，沿途将有"路标"，在你需要时浮现，为你导航。

《赛斯书》的作者罗伯兹说奇迹就是未受阻碍的大自然，也就是说，如果你的手能放开船舵，船会自行驾驶，而且比你做得更好。你只需要放松地进入当下，让宇宙来驾驶。

有人说这就是所谓的生命快乐秘诀，我完全赞同。

侧头注视着，对于接下来会发生什么充满好奇。
同时在游戏之内与之外，观看着，惊奇着。

——惠特曼

假若认真觉察，生命中尽是花絮

没有什么计划是不可修改的，你在拒绝改变时，也就同时拒绝了生活。

冬夜，意外收到一条微信。问候来自一位老友，而我们不常联络也已很久。

"你在干吗？"

"刚遛狗回来。"我据实相告，"这么晚还不睡？在欧洲吗？"我以为是时差关系才让他在午夜 12 点联络我。

"在北京。睡不着。"他顿了一下,"你过得好吗?"

"还不坏。你呢?"

"还不坏是什么意思?我不怎么样。"

"你怎么了?和谁吵架了?"我听出他气不顺。

"到了我们这个岁数,是不是就是为了孩子而活,抚养他们长大成人,自己的生命就没有价值了?"

"怎么会?孩子的生命和你的生命是平等的,都很重要。"

"真的吗?"

"当然。"

我们曾是非常好的朋友,年少时的友谊经得起随时交流最深刻的体验,单刀直入亦不会显得突兀。但我仍然有点吃惊,因为感觉到他突如其来的愤怒和无力。我记得他曾经那样眉飞色舞地告诉我,有儿子的喜悦,看着他生病发烧,打针吃药,心如刀绞。这才不过几年而已……

不知道那一夜到底是什么搅扰了他的睡眠,不过人到中年,发现从前被寄予厚望的支点无法撑起复杂沉重的人生也不稀奇。所谓中年危机,不过是关于剩余时间和机会成本的内心博弈。我们可能只有一次机会选择我们真正想过的生活了,在人生后半程还有可能创造一场个人的文艺复兴吗?

后来,一个工作日的下午,我们坐在咖啡馆。我觊觎着他面前的抹茶冰激凌,虽然我自己也点了其他口味的。他大方地把自己的一份推到我的面前,"你先尝"。

"哇,做了爸爸果然不一样啊,知道照顾人了。"

他轻轻一笑,没接下茬。

他说自己又添了个小女儿。呀,儿女双全,有福之人啊。他苦笑一下,女儿确实很可爱,特别贴心,不像儿子。看到女儿的笑容,一天的疲惫仿佛都能烟消云散。但他似乎并不愿意提早回家被宝贝的笑容融化。我不知道该怎么理解他的困惑和选择,也许生儿育女是人生清单上的必选项,所以不由分说,只争朝夕?大概课表排得太满,所以课间休息时才能放情绪出来,自由活动十分钟。

他想晚一点再去面对那些幸福的麻烦。实际上,既不在家也不在单位的时间才是真正属于他的,这时他才是自己,才能真正放松。我是可以随意交流的朋友,即使我们的观点常常不同,算不上相谈甚欢,但他仍对聊天很有兴趣,仿佛小孩子对暑假的那种期待,即使什么也不做,也比上学开心。

不过我想,他是不是错过了什么?或许是更加有趣的戏码?

迎来第一个宝宝的时候,这个人被大大的欢喜包围鼓舞着,空气中都能嗅到"我当爸爸了"的骄傲。那样小心翼翼,如获至宝,兴致勃勃,尽心尽力。

对于第二个宝宝,他的评价开始变得客观:"多一个孩子,生活水平直线下降啊!"

"那为什么还要一个呢?"我不解。

"他妈妈想要。"

"噢……"

我咽下了几个可能破坏谈话氛围的问题,诸如:现在的家庭在生育子女的问题上是如何表决的?是不是因为母亲的付出更多,所以她们有着更多的投票权,相当于是公司里的大股东?保留意见的父亲是作为合作伙伴出现,还是更多扮演了捐精者的角色?我是一个好的谈话者,因而会照顾对方的情绪,但对他来说,是否直接的提问反而更有帮助?

带孩子的课程已经学习过一遍了,所以不想再投入过多的精力复习,因为还有很多其他的事情需要投入时间——这些都是说得过去的理由。但假若这是全新的体验呢?或许两次学习之间的差别远比我们想象的更大呢?

初到世间的小朋友会向兄弟姐妹学习,向邻居学习,人类发展所需要的根本特质——好奇心、模仿能力、交流能力,以及适应并且联结社会的能力,都是需要学习的,通过不断地练习。未来,他还会在短途旅行中学习,在阅读中塑造自己的世界,在学校里构建社会信息体系。这一切的学习可能要从在地毯上的爬行开始,而这,是他的本能。环境中各种各样的因素和他的生命发生着互动,这是一种能量交换,而所有的一切,都影响着他的成长。孩子会模仿哥哥,学他说话,学他的行为。

02 不如觉醒

假若没有兄弟姐妹，小孩就会寻找其他模仿对象。看起来他们的行为并无固定模式，但是，透过这些行为，我们可以看到借由最初的好奇心、模仿、竞争和学习，他们和世界有了交流。其实，这一段在很多人脑海中早已模糊不清的童年记忆，恰恰是最重要的一种教育，这段生命时光和其中的经历告诉我们，现实生活的成功与否，取决于我们是否足够灵活和多才多艺，所以，我们需要向每一个遇见的人学习。

不过，必修课程是一回事，兴趣往往是另外一回事。这种"向周围学习"的课程，既缺乏跨文化长途旅行的异国情调，也没有深不可测的神秘事物，因而看起来不那么有趣。虽然对孩子们来说，小区中的追逐玩耍也不啻为新奇的冒险，但对成年人，特别是已经抚养过一个孩子的成年人，这种体验实在庸常乏味。

当我们只把生活视为某种重复的经历而不是新鲜的学习时，恐怕会错失很多潜在的乐趣，也许还会错过老天正在进行的重要计划，比如，环境改变的信息。没有什么是一成不变的，包括我们最熟悉的环境。如果对这些改变失去了兴趣，我们的思想也将变得苍白无力。如果不再注意到日常生活中的小变化，如果对学习新的语言和无意识的模仿失去了兴趣，如果不会因为学会一个小技巧而开心雀跃，那么，我们等于失去了一笔巨大财富，那就是学习的能力。问题不在于到底学到多少知识，或是否有证书确认技能等级，而是我们一直在学习！这让我们的头脑一直充满新鲜的点子，而且富于力量，就像鲍勃·迪伦歌里唱的：愿你永远年轻。

那些拒绝重新学习的人往往有个最大的障碍：关于自己的生活，他们早有计划。那原有的一整套计划好像倾情演奏的交响乐团，而他们的头脑就是指挥。对乐团来说，新加入的声音即使是一位天籁歌者也会被视为巨大干扰，他们不是不愿意去听，而是原有的演奏停不下来——指挥没办法协调乐队和这位绝妙男高音的关系。

假若头脑能够放弃之前的演奏，安静地做一会儿听众，就不难发现老天总在给我们机会提升自己，比如这次新冠疫情。我们没有经历武汉人的煎熬和痛苦，但我们也放弃了长途旅行计划，安住于自己所在的城市。这其实有点像重返小学或者初中的课堂，你无法选择学习科目，这种学习模式是强制的，老天要求我们学习的其实是我们应该掌握的重要技能，只是从前一直忽略了。

相比之下，我还算幸运，拜千菊丸殿下所赐，这些练习我早就有所涉猎。

在我的经验里，每一只小狗都是不一样的，从脾气秉性到好奇的事物。因此，陪它们经历成长的体验也截然不同。养孩子大约也是同样的道理吧？

　　三年前于白露时节抵达我家的千菊丸殿下是一只既惊恐又倔强的小狗。它不时咳嗽，而且消化非常不好（后来才知道这些问题都是寄生虫造成的），为了解决它的排便问题，我每天至少需要出门五六次，有的时候光是带它散步就已经令我疲惫不堪。虽然此前我曾从小养大三只狗狗，但和丸丸在一起的时光仍然让我享受到不一样的乐趣。晴朗的天气，喜鹊扇着翅膀飞过，丸丸去扑地上的鸟影，发现不对，随即抬头仰望天空，此后，每见鸟影，它必会迅疾把目光投向天空。它还会利用镜子和玻璃观察我的动向，做追逐游戏时会从小道包抄把我堵在路口，不动声色的敏捷。小区里有一栋房子一直空着，花园外的花盆也被野草占据，微风吹过，一排狗尾草在长方形的花盆里轻轻摇摆，丸丸站在那里，居然看呆了。我和它一起欣赏，好像第一次见到这个世界一样，很是美好啊。那些微微发黄的草穗，在秋天的夕阳里闪着微光。园丁爷爷浇水、邻居修车，它都要站在旁边，认真观察研究。它对各种车都感兴趣，无论是邻居的豪华越野车，还是快递小哥的送货车，在它眼里，一切都平等，一切都值得好奇。丸丸喜欢探索新奇的地方，酷爱坐车出游，气味丰富的农村集市尤其让它兴奋。但丸丸又高冷，不太能和同类和平共处。由于日常出行路线全由它的兴趣塑造，及至疫情袭来，景点关闭，我们仍然能每天找到一片无人的旷野，还有相熟的农场，那些都是我们地图上的热点。城市里很多美好的郊野去处于是变得轻车熟路。

虽然小学和初中时我们可能是个优等生，但直到四十岁、五十岁，乃至六十岁，仍然不要忘记学习，以小学生的那种好奇心，去探索熟悉的环境，并从中发现新鲜的东西。这种适应性的学习一点都不枯燥，而且，有些时候，它们显得格外重要。

令世界停摆的疫情难道不是某种"特别"的邀请吗（虽然请柬本身夹带着惊慌和痛苦）？它邀请所有人停下来思考，难道我们只能借助高铁、飞机和游轮，去千里之外才能找到生活的乐趣？难道我们需要不断地撤换布景才能感受生活的变化？难道我们的感官已经粗糙迟钝至此了吗？那些在豪华游轮上胡吃海塞只为值回票价的客人们又怎么能体会"至味"的纯粹美好呢？

丰子恺先生说：我回忆儿时，有三件不能忘却的事。而他郑重其事所说的第二件不能忘却的事，是他父亲的中秋赏月，而赏月之乐的中心，在于吃蟹。丰子恺先生的父亲说吃蟹是风雅的事，而且说蟹是至味，吃蟹时混吃别的菜肴，是乏味的。所以，丰子恺先生在《忆儿时》里写：我们都学父亲，剥得很精细，剥出来的肉不是立刻吃的，都积受在蟹斗里，剥完之后，放一点姜醋，拌一拌，就作为下饭的菜，此外没有别的菜了。

在一切都可以大规模生产和搬运的时代，食物并不难得，难得的是能够分辨丰富滋味的味蕾和一颗恬淡雅致的心。尼采说的"精神层次越高,越能对细微的事物感到喜悦。因为感受得到细微的事物,发现人生中竟藏着许多快乐的事物。"大约也是同样的道理。

当不把所谓限制视为限制,而看作某种新鲜的提议,则生活的探险随时可以开始,这让平淡无奇的日常演进为层峦叠嶂,我们跋涉其中,乐趣无穷。

绝对的自由是不存在的,在有限的空间里恰好可以施展个人魔法,让自由成为可能。我们的大脑皮层如果平摊开来应该是一张报纸大小,但它可曾要求过你的头颅长成书桌大小,以容纳平展的它?所谓自由其实就是在各个维度上突破限制,实现平衡。如果只会一种平衡,在现实世界里是无法存活的。《底牌》是我最喜欢的阿加莎·克里斯蒂的作品之一,原因就是一起绝妙的谋杀案发生在伦敦名流的小型私人聚会上,在优雅而丰盛的晚餐之后。不动声色,也没有人逃脱。凶手就在密室之内,几个人之中。在如此有限的条件下,"阿婆"居然把故事写得跌宕起伏,引人入胜,也让人性的弱点暴露得淋漓尽致,真无愧于"侦探推理女王"的名号。如果想要成为自己生活的女王,我们恐怕也要做同样的事——在极为有限的条件下发掘出无限的趣味。

妨碍我们发现乐趣的往往不是环境和条件本身，而是我们头脑中的计划：我想要做这个，还想要做那个，我要过我理想中的生活……而现在，很多计划都无法实现了。就像在过去两年我们刚刚经历的，很多人的人生安排被彻底打乱，诸如长途旅行、归国探亲、跨境通勤、海外学业、创业目标、婚礼计划……全都变得遥遥无期。还有很多人长时间无班可上，无法见到好友，甚至没有机会照顾病重的亲人……是的，在疫情特别严重的地区，人们遭受了无法估量的损失和痛苦。但是在更多地方，多数人的挫败感并非源于无法挽回的丧失，他们的难处在于被日常生活的巨大无聊困在原地：每天和我们声称最爱的家人朝夕相对，一时一刻都不分离，其结果却令人疯狂而沮丧。

一则新闻视频里，警员问一位希腊老人为什么不遵守隔离规定，还要外出？他答得理直气壮：如果一直待在家里，我会死得更快！我太太可比新冠病毒可怕多了！

你瞧，这就是真相。我们平常总是有足够多的正当理由逃避我们口中的幸福之源。而病毒让一切无可遁形，假若你不想在它的"建议"下完成对于环境的适应性练习，那么这段时间肯定够受的。

逃离，或者适应，是时候做出你的选择了。或许，这就是病毒背后的提示？

向你遇到的每一个人学习，这不仅仅应该发生在海外旅行途中。

假若认真觉察，生活中的一切都是花絮。每天到小区门口取快递显然是个烦琐的苦差事，不过这也是个机会，让我们和快递小哥日渐熟悉。我发现服务最周到头脑也最清晰的是顺丰和京东两位小哥，虽然两人的脾气秉性和行事风格均大不相同。顺丰小哥热情细致，京东小哥高冷严谨。他们之间相爱相杀的故事，俨然一幕轻喜剧，我就是包厢的观众。某天，我在微信朋友圈写：顺丰小哥休息两天后终于回来上班，他一见我来，就把货架上别家放的包裹递给我。我问还有吗。他答：我这儿没有，京东应该有，然后叫：京东！京东！有某某号的吗？京东小哥回：没有！我插话：你刚给我打过电话，怎么没有呢？京东小哥看我：噢，某某号呀，有。顺丰小哥：就是，你敢说没有？京东小哥毫不嘴软：你问就没有！

另外一天，我的微信朋友圈这样记录：猫头鹰先生告诉我有个京东快递，让我帮他取。夜色中，顺丰小哥和京东小哥还在等着。一见我，顺丰小哥招呼了一声，我说取京东的快递。京东小哥正忙着给人拿件，顺丰小哥就从货架上搬下东西，帮我装进手提袋。我赶紧说：谢谢。京东小哥马上回答：不用客气，慢点儿。顺丰小哥急了：人家又没谢你。京东小哥手里还忙着，嘴上一点不吃亏：我替你说还不行吗？我提着东西已经走出一段路，忍不住笑出声来。

每当我们感觉受到约束，不能随意外出，就好像回到小时候，而我们也恰好可以完成与那时类似的功课：和我们遇见的每一个人学习。从两位快递小哥身上我学到很多，他们处理问题简洁高效，动手能力异常强大，思维敏捷，应对得体，工作辛苦还能保持乐观，充沛的精力背后想必也自有身心调整的一套方法。

除此之外，趁着疫情，我还学会使用网络工具的新功能，并且和搭档在线上完成了节目录制，科技果然改变生活，还让未来有了更多可能。

变化从未停止，如今，两位可爱的快递小哥相继离职，淡出了我的生活。

没有什么计划是不可修改的，你在拒绝改变时，也就同时拒绝了生活。一系列新的课程无非以一种激烈而不容置疑的方式告诉我们：你要灵活地适应这个变化多端的世界，不要假装新潮，而要真的倾听新的声音，然后试着与他合奏。

话说回来，我其实很能理解我的老朋友，那位幸福的父亲。我们有很多相似点，我们都需要大量独处时间才会感到安宁自在。环境的喧嚣混乱是对我们的巨大消耗，会很快让我们的电池报警。所以，大多数时间我喜欢和我的狗狗在一起，享受彼此安静的陪伴。而他，出于工作原因，总是需要孤身远行。你看，每个人最终都会找到自己的办法。而无论报名什么课程，在开始之前阅读一下自己的使用说明总会大有裨益。

不执着便是对所见所听之物，毫无欲望。

——帕坦伽利

包容别人并不等于委屈自己

如果一个人不能完全地为自己的生活负责，那么慢慢地，他就会停止成长。

"如果有的人原本就很自卑，再告诉他多些包容，即使感觉受伤也不能伤害别人，他不是会更加小心翼翼，不能做自己了吗？那他岂不是会越来越自卑？"瑜伽哲学课上，一个同学向Chinmay老师提问。

这是一个蝉鸣的下午，Chinmay老师在讲瑜伽的历史和经典。受疫情影响，瑜伽 200 小时教培课几经调整，最后定在大暑节气之前开课，好像启动了一次夏令营。

Chinmay 老师向我们介绍了瑜伽经典《帕坦伽利瑜伽经》。在这部完成于公元前 300 年的书中，帕坦伽利用 196 条简单明了的金句汇集了整个瑜伽哲学思想，清楚地写出了他的圆满洞察。帕坦伽利明确定出瑜伽八支，无论练习者想要专注于瑜伽的哪个流派，智瑜伽、业瑜伽、克里亚瑜伽，还是奉爱瑜伽，都在这个修行架构中。

八支瑜伽分别是：制戒、内制、体式、呼吸、制感、专注、冥想、三摩地。

制戒可以简单解释为做人的原则，其中最重要的一项是非暴力和不伤害。本节开头的那个问题，就是在此刻被提出的。

包容别人并不等于委屈自己，为什么要把这两个问题挂钩呢？我心想，听听 Chinmay 怎么说。

Chinmay 老师懂得中文，但还不能完全自如地交流，他等翻译把这个问题转述一遍，沉默了两秒，答：我想，这是对自己的暴力。

简单精妙，直击要害。是啊，对于自己的暴力也是不应该的啊。自由的提问和回答总会带来启发，出其不意。

梵文中的 ahimas 常被翻译为不伤害，其实，瑜伽制戒中的这项准则远远超越不杀生的狭隘观念。如果那些为了"赎罪"

而胡乱放生，造成大量外来物种入侵的善男信女能够明白所谓"不伤害"是指对万物的慈悲，他们大概会立即停止对于海洋、山林的暴力，并且深感懊悔吧。

Chinmay老师对这个问题的看法简单透彻，大概因为印度与中国有着巨大的文化差异。儒家文化宣扬的隐忍和孝道其实包含着很多对于个体感受的忽略和伤害，而在瑜伽中，首先和最重要的一点，是学习如何不伤害自己。

是否不伤害别人就意味着可能伤害自己？对于提问的同学，别人和自己显然是一对矛盾。不妨把这个问题反过来问，对于个人感受的捍卫，是否必然等于以牙还牙？当我们感觉受伤时，睚眦必报能否捍卫我们的平静和喜悦？

这是头脑的诡计。我们的头脑在偷换概念，它希望取胜，而非自足。

就像我收到的一张提问纸条，关于语言的暴力和伤害。小天想知道如何回怼那些年长又缺乏教养的男性，因为他们总以不恰当的口吻说话，不尊重女性。

小天举例，他们会说诸如"你这么漂亮，那当然比我容易跳槽啊，客户当然比我多啊"一类无礼的话，或者，在另外的场合，又大惊小怪，只因为她没穿正装就直呼其名，这些都让她感觉屈辱。虽然家人建议她别把这些冒犯的话放在心上，但小天感觉这样反而纵容了这类人。她说很想学电视剧里的女主角，不带脏字笑里藏刀就能让这类人难堪溃败。但现在的她，只能尽量在所有场合都穿正装，好像披挂一袭战袍。她问有什么妙计能让自己不生气，而且教对方学会尊重。

听起来好难。这些社群交往中的问题，总让我无言以对，感觉自己像是活在山洞里的人类。因为不合群，反而少了很多与人交往的麻烦，想想真是划算。在我看来，保护好自己是比教训别人更重要的事情。难道粗鄙生活了几十年的人，会因为收到你绵里藏针的讥讽就此弃恶从善，改变多年的行为方式，乃至重塑人生观吗？对此我实在缺乏信心。习性是不容易丢掉的啊，所以才有"江山易改，禀性难移"一说。

而且，为什么要教训他们呢？让他们一直讨厌下去，不是对他们更好的惩罚吗？

不过，无论是否改变他们，总不能率先改变自己吧？看看写信的姑娘，因为一件小事就立即变更着装习惯，这就是在被她所不喜欢的环境影响着啊。假若你把对方的不礼貌看作另类提醒倒也无妨，但如果你的变化中带着极大的不情愿，就需要停下来换种方法了。教育粗鲁无礼的人好比打扫卫生，而改变自己的衣着则像是被环境污染影响到心情和行为了。如果对方看到你因为他们的轻佻而改变自己，会不会正中下怀呢？至少，你给了他们一个开心的理由，他们甚至会误以为自己很重要。

若非此刻，更待何时

其实，把这几个讨厌的人打包起来也不如你自己的感受要紧，所以，为了你讨厌的人而穿上自己并不喜欢的衣服，这个逻辑是不是听起来有些问题？到底是他们的话伤害到你，还是你允许他们的话伤害到你？

或许，最大的问题在于，我们是否明白什么才是伤害。在此之前，需要识别出头脑的诡计——头脑通常会倾向于将我们和他人对立起来，制造一个具体的敌人，以转移我们内在的冲突，好处就是，我们可以无须为自己的行为负责。比如，并不是我在限制我自己，而是他们粗鲁无礼的说话方式限制了我的着装风格……如果你一个人不能完全地为自己的生活负责，那么慢慢地，她就会停止成长。躲在种皮里不发芽，就永远不会遇到外界的伤害。但一颗不发芽的种子价值何在？它又如何能够活出自己？难道真要等到一切准备好了才发芽吗？我所看到的植物，会从石缝里探出头开出花来，宣告自己生命的进展——这是大自然赋予每一个生命的终极解决方案。不要让任何障碍阻挡你，这当然也是人类活出自己的方法。

如果认为任何阻碍我们成长和自在活着的行为就是伤害，那么我们肯定也相当了解，伤害的实施者通常只有我们自己。是我们阻止了自己的突破和成长，让自己留在原地。挑战恒在，那些制造挑战的人不过是些符号，扮演你成长道路上的绊脚石是他们被剧本规定的角色，这个人不在，自然也会有其他人出演。所以我们实在不必把力气浪费在定点清除某个讨厌的"演员"上，那样并不会让人生之路一帆风顺，反而会耽搁我们完成内在功课的时间。他人的言行只是一种表象，真正让我们感到困扰的是由此带来的阻碍和情绪动荡。所以，避免这种状况，我们需要的不是回怼（虽然在适当的时机偶尔回怼也不错），而是恰如其分的自尊，以及温柔而果断的坚持。走自己的路，搬开石头或绕开石头，都可以。

"自尊"这个词很老派，但太多人在脱口而出时并不懂得它的真正含义。自尊和自爱有点类似，但感情色彩更少，因而更冷静客观。自尊和自信也不一样，虽然有着恰如其分自尊的人通常也会表现出比较高的自信。自尊更多关乎自己的评价，也就是我们在内心中是如何看待自己的。我们喜欢自己吗？会无条件地爱自己吗？会尽可能满足自己简单的需求吗？会因为别人的看法而怀疑自己吗？虽然这些答案只有自己知晓，因而相当隐秘，但我们往往会在与人交往的时候让答案曝光。

Chinmay 老师操着尚不流利的中文，半开玩笑地反问："蔚蓝，你觉得自己漂亮吗？"

"漂亮啊。"

"那如果你的男朋友说你不漂亮，你会怎么样？"

"生气啊，痛扁他。"

"为什么呢？他的话并不能改变什么啊。干吗要生气呢？"

"那不行，他需要教育，必须修理他。"

这是一场不会有结论的对话。我能理解蔚蓝的愤怒，假如说话的是男朋友，在逻辑中除了客观的评价，还应该包含大量感情成分。所以，男朋友口中的差评一定是掺杂了其他情绪，不是美与不美的问题，而是爱与不爱的问题。心上人总是美的，这才是重点。

Chinmay老师的道理则关乎修为。假若一切评价都不再能沾染我们，也不会扰动我们内心的平静，我们就能达到瑜伽所追求的最高境界：在一切事情中达至平衡。而做到这些，并不需要探讨和剖析那些评价的缘由。一切都是幻象而已，被幻象牵动和羁绊，就会远离真相。只是一再追问下去，所谓盛世美颜也无非幻象，而无数行业正建立在幻象之上，我们如何能够告诉行业中人要去伪存真呢？这些行业正是为了满足大众对于幻象的需要而存在的啊，比如，规模庞大的娱乐产业。

蔚蓝是演员。出于职业需要，她对自己的颜值永远保持相当的警觉，无论课上讲什么，到一定时间，她必然会提着装满柠檬切片的杯子去泡水喝。对她，这是习惯，也是信仰。我想，她在用行动表明，没有什么比喝美容水更紧要，也没有什么比保持美貌更关键。马甲线、蜜桃臀、肌肤胜雪、笑靥如花……不过，所有关于外貌的严苛要求及闹钟式的自律，是否会对自在构成妨碍呢？这种妨碍算不算对自己的伤害呢？

我饶有兴趣地观察，看人和职业怎样互相选择，互相塑造。对我来说，生命中过度烦琐的事物都是无法接受的，从衣服上的蕾丝花边，到那些定时定点的保养，我都无兴趣。在我看来，明星苛刻的美容大法，关于喝水、吃东西、喷雾、面膜、戒断咖啡和茶、严控碳水化合物的摄入……其实和老年保健达人推崇的生活方式并无二致：每天叩齿多少次，梳头多少回，一口饭嚼几下，坐在那里等候的时候也要按摩耳朵……即便真的能够延年益寿，但所有这些将生命零打碎敲的方法，如何能让一个人活得生龙活虎、气吞山河呢？人生在世，一旦没了气势，还有什么趣味呢？但我惊讶地发现，这种看法相当过时，我眼中的这些琐屑正在构成新的时尚，甚至被奉为"自律"宝典。原来所谓自律，不过是自我束缚的同义词，这种逆转让我深觉有趣，而以此为"自律"的时代也让我不禁重新打量。

并不只有娱乐行业对此乐此不疲，几乎所有人都或多或少被纳入了这个体系——你要吸睛，就要加入轮盘赌，就要遵守游戏规则。于是，每个人都关注评价，忙于击败别人，以致忽略了自己，以为这样做才能跟上时代的步伐，而并不问慌乱的时代到底要去哪里。

专注保护皮囊因而无暇顾及灵魂，试图以外在铠甲弥补内在软弱，我们的头脑一直在接收这样的讯息，并以此驱动我们走上某条特定的道路——是特定的，而不是特别的。我们到底是要自己更强大，还是要看起来比别人强大？害怕被时代甩下的人无暇思考，于是轻易中了头脑的诡计。我们在评价体系中不断按照别人的评价修改自己的欲望，心甘情愿被嵌入某种模式，然后周而复始地努力。何止颜值是皮囊，头衔、标签、职位、学历、才艺无一不是皮囊，我们把自己打扮成光鲜厉害的样子，期待成功和一劳永逸的幸福——大脑也一直用这样的幻象欺骗我们。事实却是，在努力追求目标的过程中我们一再远离自己，而且篡改一旦发生，绝不自动停止，于是我们逐渐丧失了感受幸福的能力，乃至失去了感知身体的能力，以致和最初的愿望南辕北辙。当比较和胜负发生时，矛盾永远不会消失，根源就在于我们和我们以外的世界是二元对立的。裂痕无法弥合，冲突永无止息。况且，我们在这场持久战中是不可能获胜的，老的猴王总会被新的打败，这是猴子的游戏，一场严肃的游戏，以生命为筹码。对于有更高智识的人来说，这种无止境的追求难道不是对自己孜孜不倦的伤害吗？

想象自己是一棵树，我们立刻就会意识到根系与地面上的部分同样重要。自然界中没有一棵树认为树冠比根系更重要，然而，生活中的我们却往往在乎如何被看到。现在，过度关注树冠的我们是不是应该做些调整了？

为自己服务，照看好自己，并不意味着一定要顶盔冠甲，提刀出征，挑敌人于马下，然后把酒言欢。更简单明智的做法是好好审视自己，看你的好奇心和探索欲在哪里，同时注意倾听，像倾听别人那样倾听自己，培养洞察力，弄清楚自己的意图，再把感受和意愿整合在一起，投入地生活。我们可以创造自己的生活，当你愿意为自己负责的时候。我们永远是自己所在世界的开端，正如每天早上，从梦中醒来，我们睁开双眼，世界才倏然显现。你的头脑创造着你所看到的世界，这显然说明你还有机会创造出更好的世界。这无关别人，一切都在于你是如何对待自己的。你宽容吗？你尊重吗？你会对自己使用语言暴力吗？你愿意诚实对待自己的欲望吗？

当然，一个人的自尊在某种意义上说明了他是如何被养育的，历史已无可更改。如果一个人在世间的第一个落脚之处——他的原生家庭是宽松可喜的，他必然不会认为"做自己"是个需要与人竞争乃至分出胜负才能完成的任务，也必然不会用讨好别人来证明自身价值。所以，恰如其分的自尊实在是父母能够给予孩子的最好礼物。每个爱自己的人，都曾在初来人间时被无条件地爱着、满足着，因而有着巨大的安全感。一个人知道自己被爱是因为独特而非其他，就会让他获得充分的自由和勇气，相信自己配得上最好的生活，无论当下处境如何。

但假若你的原生家庭并未给你这样的礼物，而是在你的头脑中设计了一个坏的故事，你能不能自己动手，重新修改呢？一个小孩平凡无奇，毫不可爱，只有不断榨取自己的剩余价值，甚至把自己献祭给家人，才配得上被重视、被看到？在很多严重重男轻女的地区，这是实实在在发生的故事，是无法破解的魔咒。不过，一旦你知道一切想象和判断都发生在自己的头脑中，就可以选择识破头脑的诡计，亲自去照顾在故事里被忽视和伤害的小孩，重写一个关于每个生命都有独特价值的剧本，并且一边生活一边不断发现那些独特之处。

阻碍我们自在生活的念头，无论来自别人，还是自己，都像讨厌的病毒在干扰生命的运作。但我们可以成为自己头脑的杀毒软件，找出那个被植入的木马程序，然后亲手把它处理掉，就这么简单。

假若你认为一切都需要外界配合才能开始，无异于将自己生活的主宰权交予他人，这难道不是对自己最大的伤害吗？

03

兴之所至

别人的时间表不应该成为你配合的理由。

> 我们都应该是自己故事中的主角。
>
> ——玛丽·麦卡锡

每个人都是孤军奋战,走出中年危机的考场

我爱你,所以牺牲了自己,貌似高尚的说法,内里还是交换的逻辑,然后,你也得牺牲自己来平衡我的付出。这种恐怖的交易,我们竟然叫它"爱"而不是"绑架"?

我在冬夜赶赴一次不同寻常的晚餐,和友人约在熟悉的日本料理店。坐在僻静包间的榻榻米上,我等着听一个男人的故事。我猜他很少将自己的情感世界示人,选择我做听众,半是因为电波里的答疑解惑是我的工作,半是因为我从不随意评判,更不给人贴道德标签。所有这些都是我的猜想，总之，我得到了他的信任，作为并不十分熟络的朋友，这应该算是褒奖。

我喜欢开门见山，虽然因为好久不见，刚落座时我们俩都多少有些拘谨。等服务生把第一道小菜摆上桌，我问：

"是中年危机吗？"

"也算是吧。"

果然，婚姻味同嚼蜡，两人同床异梦。而这时另外一个生动的灵魂出现了，他们有着共同的爱好，他焕发了生活的热情。但现实的一切怎么办？家，孩子，为支持自己事业做出很大牺牲的太太……

他嗫嚅着：她也没做错什么事……

怎么没做错？难道不是从一开始就错了吗？两个没有共同爱好，除了孩子无话可谈的人，难道是其中一个发生了惊天变化才落得今天这种地步？还是原本就如此，只是结婚时他们想的是其他条件？

他认真地回忆他们在一起的从前，那是二十几年前的学生时代，他们是大学同学，都在异乡，彼此陪伴。但是，好像那个时候他们就是不同的人啊，只是没觉得缺乏共同语言是个问题。恋爱谈得不咸不淡，险些分手，因为觉得实在无趣。

"那为什么没分呢？"

"我紧追不放。本来我已经提了分手，结果她就哭了。"

03 兴之所至

我无语。如果当年因为女主梨花带雨就不分手了，想必这次也不会有什么进展。或许，今天不过是当初的 2.0 版本。

"然后呢？"

"然后我们很快就结婚了，因为她很想从家里搬出来，她家很小，一家人生活在一间房里，太拥挤了。我们就结婚了。"

婚后当然就是顺理成章地生孩子，先生投入工作，努力科研，太太放弃了博士学位及进取心，一心扑在家庭上。时间悄然溜走，转眼到了今天。怎样的今天呢？每天先生会驾车先送太太上班，两人一路上谈谈孩子，聊聊家事，其实主要是太太在讲，孩子最近又有什么活动，在学校表现怎样，后面可能还需要做什么……总要知会先生，商量一下。先生太忙，但孩子毕竟是两个人的，虽然由太太全权负责。除此之外，两人几乎零交流。

"你说她不喜欢旅行，那她喜欢什么呢？"我感觉眼前有个女子的形象，但面目模糊。

"她没有什么爱好。哦，对了，她喜欢追剧，每天要用两个 iPad，上厕所都拿着，以确保无时无刻不在线。"

没有一个女人生下来就专门喜欢追剧吧，假若有其他更能让她投入的选择。

"她每天带孩子很累的，可能没有什么精力做其他的事情吧。"

我想起那位每天穿正装跑步的日本政治家，为了随时赶赴重要约见而不必额外浪费时间更衣。一个人当真喜欢一件事,怎么也会挤出时间来。

但那种时时刻刻不能停下来的追剧,更像是把自己扔进别人的故事,以暂时逃避生活的现实。她不可能不知道先生的另一段感情,如果一个男人不回家,然后第二天穿了另外一件衬衫回来,第三天又不见人影……但她咬着牙不问,若无其事,只是更疯狂地追剧。我的眼前仿佛出现一个女人拿着 iPad 在沙发上睡着的样子,iPad 上还在播放着她钟爱的剧集。我问:

"你觉得她知道吗?"

"她应该有感觉吧。"

"你们谈过吗?"

"谈什么?"

"谈你们俩的问题啊,你不是不满意现在的生活吗?"

"没有。我想等她先问我。"

"然后呢?你就摊牌?"

"嗯。"

"如果她一直不问呢?你为什么不索性先摊牌?"

"总觉得说不出口。她又没做错什么……而且她为我付出很多。"

"比如呢?"

"她放弃了继续深造,选择生孩子,后来在事业上也没有什么追求了，工作上得过且过。"

"你觉得这是为了你，而不是为她自己想要的生活？"

我不觉得这种所谓牺牲的说法是对女人的赞扬，反而觉得充满了歧视和贬损，就好像一个女人不能选择她自己的生活方式，只是被迫退隐回家，相夫教子。难道在职场上一拼高下是唯一体面的生存方式吗？缺乏想象力的"工作狂"多么可悲。然而，他们却成功地把自己的思路捣鼓成了主流价值。

我看着这位事业有成、受人尊敬的先生："你太太是成年人，有能力为自己的选择负责。你能不能尊重一下人家的人生选择呢？为什么人家是为了你，而不是为了她自己呢？为了你就很高尚吗？"

我不喜欢自我欺骗。一个人为什么会平白牺牲自己，成就另一个人？也许你会说，因为爱，或是迷恋，或是头脑发昏，那么，她就是为了自己的爱情，而不是为了爱中的那个人。我爱你，所以牺牲了自己，貌似高尚的说法，内里还是交换的逻辑，然后，你也得牺牲自己来平衡我的付出。这种恐怖的交易，我们竟然叫它"爱"而不是"绑架"？

两个原来就不是因为彼此相爱而在一起的人，在濒临分手的时候，忽然想起了爱。或者说，男主在将近 20 年的婚姻生活中渐渐发现，他需要爱，婚姻也需要爱。女主不动声色，她得到了她想要的，并没有感到后悔。在她看来，交易公平。

若非此刻，更待何时

人是有感情的，但是，如果感情让我们偏离真相，就是有害的，它会直接导致痛苦。

我不喜欢看准别人的软肋，然后把自己的欲望嫁接在别人愧疚上的做法，无论是谁。这才是真正的不道德。

我的朋友此时就很痛苦。看着他憔悴的脸，我在心里叹了口气。我不能直抒胸臆，因为他是一个对爱情尚存幻想的人。这一次感情对他而言好像初恋，就像我在高中时候才出水痘，还为此耽误了期末大考。该来的一定会来，虽然要付出代价，但能补课总是好的。

"说说另外那个女生吧，你的灵魂伴侣。"

于是，一个活泼、美好、生动，和他有着共同爱好，也能唤起他热情的女生跃然眼前。

我总是要做那个拿手术刀的人，我想这是他找我来的另一个原因。于是，我单刀直入。

"在你们交往的时候她就知道你有家。而且，她没有要求和你有结果，对吗？"

"是的。"

"那现在为什么非要你离婚，和她结婚？"

"现在情况不是不一样了嘛。"

"她怀孕了？"

"没有，但是她年龄也不小了，想生小孩。而且，我们的感情也更深了。"

"不守信用啊。"我笑了。用不求结果为诱饵,等鱼上钩。这种方法太老套了,但确实有效,特别是对老实人。

两个手法类似的女人,相隔二十年,相中了同一个老实人。而这个人,就这样莫名其妙地落入了同一个圈套——感情的圈套。

我也不喜欢这种捕猎方法,一点儿也不光明正大。

但是,做选择的不是我。我的判断无法替代他的感受。他在旋涡中,被两个女人夹击。其实这和性别并无关系,不过,就像阿加莎·克里斯蒂笔下的人物,也有规律可循。投毒的通常是女人或者医生、药剂师,诈骗和伪装是演员的特权,至于那些过分血腥暴力的手法,除非身材特别高大的,其他女性基本可以免责。

一个成功有魅力的男人,却不了解最简单的感情伎俩,这很危险。

问我该怎么办?我不是你,怎么能替你做选择呢?好吧,如果是我的话,我会直接和她说,不想继续一起生活了。

"嗯。那我试试。"

"如果她问为什么,你怎么回答?"

"我说我喜欢上别人了。"

我的天哪!你难道是因为喜欢上别人变了心吗?还是你们

之间根本就没有共同语言很多年了？你说喜欢上别人这是祸水东引啊，只会让她想要把那个人定点清除，让你回心转意。

"不可能回心转意，我们之间早就这样子了。"

"那你干吗不说事实？因为你们之间没有感情，而你需要感情，所以早晚会有其他感情。分手是因为你们俩之间无解的问题，和别人有什么关系？"

"也是啊。你不说我还理不清楚。"

喝掉面前的大麦茶，我还是口干舌燥。忽然觉得自己是个糟糕的老师，而面前的学生油盐不进。我有点灰心：

"然后呢，你打算怎么办？"

"和她摊牌，然后最好能尽快离婚。"

"然后呢？"

"然后和这个女孩结婚。对了，你说，她以前离过婚，这样的人是会更加珍惜下一段婚姻呢，还是更不在乎？"

"这得问你自己啊，你要再结婚的话也是二婚啊。"

"噢，对啊。"

"我能说说我的看法吗？"

"说吧，就是想听听你的意见。"

"你还想要小孩吗？"

"其实不想。我怕有了孩子，生活又慢慢变成现在的样子。我更喜欢二人世界。"

03 兴之所至

"我觉得你可以离婚,但是不要马上结婚。别人的时间表不应该成为你配合的理由。你的问题是应该先自己想清楚,到底是无论和谁在一起,生活最终都会变成现在的样子,还是确有不可替代的灵魂伴侣?如果真是灵魂伴侣,她应该会尊重你的选择,而不是用爱的手段把你纳入她的个人计划。"

"你的意思是不离婚?"

我觉得我又白说了,叹口气,重新来:

"我的意思是可以选择离婚,但不是为了这个女朋友,你是为了自己。所以,你要一个人生活一段时间,重新谈恋爱。然后再选择要不要和这两个人中的任何一个结婚。你知道,你现在不是单身状态,你在恋爱中的心态是不一样的,把任何一方当作大后方都不可取,那种状态不可能持久。你需要打破这个假的平衡,回归一个人的状态,认真审视你到底要什么不要什么,人生的重要性排序是怎样的,想清楚再做选择。伴侣关系的重点不在于婚后两个人如何珍惜,怎样修补各种纰漏,而是婚前要慎重考虑,对方是不是那个合适共度一生的人,你们理想的生活是一样的吗?当你完全自由时,你也可以再去感受两个人关系中的微妙变化,我想肯定会有些变化的。到时候你可以做任何选择,而且不会感到任何压力。即便是和太太复婚,也不应该是原地满血复活,那样不会有任何改变的。"

那天的晚餐一切都好,除了我说了太多的话,因为款待内心而冷落了胃口。爱与美食都不该被辜负，友谊和信任也不可辜负，我们花掉整晚在其中艰难地寻找平衡。等到餐馆打烊，我们起身出门，一起穿过一条光洁安静的长走廊，看大理石地面的倒影，边走边说闲话。故事被关在包间里，留在身后，不光如此，还应该保守秘密，这是友谊的基本规则。分别时候，他有点歉意：

"耽误了你一个晚上，要当面解答小纸条……"

"没有啊，我喜欢听别人的故事，而且还有这么好吃的东西。"

"你喜欢吃海鲜？"

他这种把日本料理简单归为海鲜的做法，会不会让日本美食家很生气？我笑："是啊，我喜欢刺身，生食，还特别喜欢生蚝呢。"

我喜欢日本料理，因为它简单，新鲜，饱满。我也喜欢像日本料理一样的交流，简单、新鲜、饱满。我其实也想说谢谢，感谢信任，感谢这样坦白而不兜圈子的谈话，对我，这是人类学田野调查，是有趣的花絮，是智力的交锋，也是巨大的享受，灵魂因为汲取了养分而更加饱满。但我最终没有说，因为担心焦灼中的朋友是否会对我的满足感有些介怀。他该不会以为他的痛苦成了我的享受吧？

但我实在喜欢这样的友谊和交流，摆脱让我不知如何是好的繁文缛节，直接进入灵魂拷问。好像海胆刺身，包含着幽深海底特有的滋味和营养。

新年前夕,我收到一箱生蚝。这是友谊的象征吗?我笑着向生蚝保证,会学着它的样子紧紧关闭嘴巴,不走漏一点风声。所以,如你所见,我在上面的故事中进行了必要的篡改和加工。这是另外一种守口如瓶。

后来,我曾设想,假若向我求助的是朋友的太太,我们之间的谈话又会是怎样的?

显然,这位妻子正处于绵延不绝的焦虑中,报警器时时提醒,一不小心,她将失去她的丈夫,深深浅浅的不确定让她清醒着的每一分钟都在检阅心痛和恐惧交织的队伍。假若我是她的朋友,我会坐在她对面,看着她的眼睛,坚定地对她说,亲爱的,其实你比你认为的要强大得多,这么多年打理一个家,照护儿子,把生活安排得井井有条,你很了不起啊。不要相信所谓"完整家庭"的谣言,人生压力恒在,但是你关于"完整"的心理负担实在太重。其实,这么多年,你一直一个人在战斗,一个人就是一支队伍。你在忧虑什么呢?别人如何看待?真正要紧的从来不是别人眼中的我们,而是我们体验到的每一寸时光以及时光中的生活啊。你需要的是爱人,而不是以爱人的名义留下的无心男人。你的爱远比面子昂贵,难道你竟然不知道吗?现在,你还有机会改变局面,你也不想尝试吗?

当然,我没有机会见到这位女士,也无法告诉她我所看到的强大的她。

迄今为止，我只知道故事的一个版本。

但故事里的中年危机仍清晰可辨。总会有一个时刻，我们忽然意识到已经度过了半生，而另外一半还在前方等着。这是一种重要的个人觉醒，带着深刻的危机感和巨大的不稳定能量。我们觉得自己只还有一次机会了，把自己的人生变成真正想要的样子。于是，有的已婚中年男人买了跑车，有的开始和年轻姑娘展开婚外恋情——这不是什么荒诞不经的肥皂剧，只是一段让人心神不宁的时间。在此期间，温柔沉默的女主人没准作出惊世骇俗的决定。那些坚定的独身主义者也许忽然发了喜糖，而约定白头到老的爱侣反而分道扬镳。

我们没有老，但我们不再年轻，在开心大笑的时候第一次意识到眼角的皱纹，这个有趣而特别的经历可能会带来重要的人生评估。我们重新叛逆，开始用个人的风格活着。

每个人都是孤军奋战，走出中年危机的考场，才有机会交流答案。

我们的身体很容易影响我们的一生。

——格莱特·伯吉斯

尊重身体的感受，才算真正尊重自己

尊重自己，意味着要尊重感受，把"不舒服"当作行动的号令，尽可能避开那些令你不快的人事物。

早上，发动汽车，出门，驶上公路，忽然发现后视镜略低了一些，于是伸手抬高。昨天晚上我才开过车，后视镜的位置是合适的。所以，昨天晚上的我和今天早上的我，竟然有了明显不同。

十几岁的时候我就熟悉那首"今早的容颜老于昨晚"的歌，

若非此刻，更待何时

但还不知道今早的坐姿可以高过昨晚。这已经不是我第一次发现汽车后视镜的偏差。虽然区别不大，但终究是不同了。原因呢，自然是坐姿高度发生了变化，同样脊柱挺直，人在早晨比晚上更高。地心引力、肌肉拖曳、心情松懈，各种复杂因素造成的微小差异叠加在一起，成为这个需要调整的误差。从参加200小时瑜伽教练培训课程起我才开始注意到这种差异，大概是因为此前我极少在上午出门吧。

我们都知道斯芬克斯之谜：斯芬克斯是希腊神话中一个长着狮子躯干、女人头面的有翼怪兽。他坐在忒拜城附近的悬崖上，向过路人出一个谜语："什么东西早晨用四条腿走路，中午用两条腿走路，晚上用三条腿走路？"如果路人猜错，就会被害死。俄狄浦斯猜中了谜底是人，斯芬克斯于是羞惭跳崖而死。

谜语中的早晨中午和晚上是比喻，分别代表人类的幼年、壮年和暮年。然而变化不仅仅发生在人生的不同阶段，从早晨到晚上，一个人的身体竟然也会发生肉眼可见的差别，这难道不是另外一种斯芬克斯之谜吗？至少对我而言，这是个新奇的发现。身体不只是包裹灵魂的皮囊，也不是用来协助我们追求理想的载体，它有比这更伟大的功能，因而值得我们付出极大尊重，尽心供养。

有人把瑜伽比喻为一场身体的民主运动，在这场运动中，身体大家庭的所有成员都要发出自己的声音，包括神经和腺体。肌肉骨骼系统是身体最重要、最具体、最明显的驱动者，因而容易主宰我们身体的知觉和经验，何况现代社会的主流审美更是执着于肌肉骨骼系统的强壮或者美丽——所以很多人练习瑜伽完全以增加柔韧性为目的，把博大精深的瑜伽简化成了柔软体操，淹没了其他身体系统的声音，也就失去了练习的主要意义。在民主式的身体里，肌肉和骨骼的强大作用力需要受到其他成员的制衡，随着练习的深入，体液、器官和腺体都会给动作提供重要支援，这些支持让全身成为善于协作的一家，于是身体有了更大的可能性。

我对瑜伽的爱源于瑜伽对于个体的尊重：后弯体式如果造成了腰部任何的疼痛，我们就要立即停止。每个人都不要挑战自己的极限，而要尊重极限。而后当身体大家庭的各个成员的综合素质都在练习中有所提高，一切条件准备就绪的时候，极限也已经悄然改变。就在某一天，你会忽然发现自己完成了肩膀打开的任务，你已经可以轻易完成此前无法做到的动作。

和中学时代冬季长跑时体育老师叮嘱我们遇到极限要调整呼吸、咬牙坚持不同，瑜伽老师告诉我们有任何不舒服就要停下来，变换一个可以做到的体式，不要勉强自己。

最初在视频课程上听到 Chinmay 老师说"双手可以抓住脚的外侧、脚跟，或者小腿，都可以"的时候，只觉得他拖着长音的普通话非常可爱,后来才渐渐发现,一个简单的口令中有着瑜伽巨大的包容和智慧。而智慧的基点就是,承认并且尊重个体的巨大差异。后来,在瑜伽大课上,我们的很多坐姿练习都要在臀下平放两块瑜伽砖,这个小小的改动让很多人的脊背挺直伸展,呼吸的空间也因此得到大大的拓展。我猜 Chinmay 老师注意到很多学生在舒适坐的时候都不能完成脊柱的自然伸展,习惯让我们的身体熟悉了弯腰驼背的姿态,这是一种不好的平衡。于是,他索性让所有人从难度减半的体式开始,这个简单的改变体现了瑜伽的极大善意:瑜伽是为人服务的,而非相反。同时,改变就在重新架构身体的喜悦里发生了。一个瑜伽的常识总是被人忽略:你是难能可贵的,宇宙间只此一款。和别人的不同正是你的珍贵之处。瑜伽的戒律中杜绝攀比,一旦生出攀比心来,你所取得的一切成就即刻化为乌有。你会感觉无论自己是谁,身体条件怎样,在瑜伽练习中都受到了隆重的专属款待。

可惜我们的社会恰恰相反,它常常把攀比误认为优良传统,并且给它起了个雅致的名字:"竞争"。如果生命从头到尾是一个人的旅程,每个人有自己的功课,需要限时完成挑战才能通关成功,那为什么要和与你的考卷和目标都不同的人比较呢?就像不同物种各有其独特的进化路径,竞争不会导致偏离航向的风险吗?你被鼓舞着要像他一样成功,但是,你确定他的成功对你而言也是成功吗？而且他真的成功了吗？即使他成功了，我们又为什么要把别人的目标当成自己的？难道在个人欲望方面我们还不能尽情发挥吗？

龟兔赛跑的荒诞不经居然被主流社会奉为圭臬。为什么要让乌龟和兔子赛跑，还写成励志故事？难道赢了比赛之后，乌龟就真比兔子跑得快了？到底是谁设定了这样一场混淆视听的比赛？奔跑是兔子的生计，而乌龟在生态平衡中适用另外的法则，编出这样的故事进行说教，其心可诛。

与此同时，《小马过河》被收入同一部教材，又将个体差异的事实公之于众。

所以，这些彼此矛盾的信息到底是要向孩子传达些什么道理？

值得庆幸的是，我们终于走过了那个无聊的时代，当下的乌龟和兔子都厌倦了比赛。在瑜伽的道路上，我们各自探索生命，无须比赛。没有人需要别人裁判，每个人都是自己的裁判。在瑜伽课上，你需要判断自己的身体能否做到某个体式，如果不可以，就借助辅具。比如做"牛面式"的时候，需要把手臂绕到背后放松背部，并且促进血液流向循环停滞的头部。这样可以缓解头痛，由于左右膝盖在身体的中央交叠，还能起到矫正骨盆的作用。不过，当我做这个体式的时候，一侧臀部总会不由自主地离开地面。这个时候，老师会建议我垫一块瑜伽砖，既能体会坐骨着地的感觉，又不至于太过吃力，损害了专注和愉悦。如果双手无法在背部交扣，也可以使用瑜伽带辅助。在瑜伽带的帮助下完成双手的联结是种非常轻松舒畅的感觉，而且一旦肩膀的僵硬得到舒缓，身体就会处于持续进展中。持续练习，然后在某一次课程中惊喜地发现，我竟然无须瑜伽带也可以完成双手在背后交扣的动作了。强迫并非是对待身体的最好办法，尊重才是，按照它的节奏，一步一步来，进步自然会发生。

一步一步来，这也是Chinmay老师的口头禅。当我们谈论某个目标时，他总会笑嘻嘻地这么说。

一步一步来，我们在婴儿时代学习爬行和走路的时候都是如此，后来却渐渐忘记了。在学会稳当站立和行走之前，我们还需要额外帮助。在瑜伽的练习中，我们也常常需要瑜伽砖、瑜伽毯和瑜伽带的帮助。这些简洁的辅具真是伟大的发明，在介绍代表性瑜伽种类的教培课上，我才知道，平时用到的瑜伽砖、瑜伽带和瑜伽抱枕等，都是瑜伽大师艾杨格发明的。假若没有他潜心研究瑜伽体位法，并且探索开发各式各样的辅具，我和很多人的瑜伽锻炼都是不可能完成的，对于坚持练习自然也会失去兴趣。一想到这里，对大师的敬意油然而生。这种辅助和支持，不只是发生在身体上，也发生在心理上。假若身体条件所限让你无法完成某个动作，内心就会因为不能体验这种体式所带来的独特感觉而产生沮丧和遗憾。我们对世界的感知只能借由自己的身体达成，所以，无论使用怎样的辅助方式，一旦动作达成，就会带来极为不同的身心体验。所以，有了辅具的帮助，每个瑜伽体式都可以被成功地完成。

虽然感激艾杨格大师对于生命的深刻洞察，也敬仰他为让瑜伽适应人的多样性而作出的卓越贡献，但我们自己在日常生活中，却不自觉地重视头脑而忽略身体。只要尚能运转，就无须研究和调校，这就是我们对于自己身体所做的事情。近两年我才确切地知道自己是"弹响髋"患者。这个小毛病其实从年幼时就开始困扰我，虽然不记得最开始的时间，但在我的印象中，小学体育课练短跑时，我能明显地感觉到左右腿受力的感觉是不同的。在50米的进程中，右腿似乎总是影响成绩的那一个。骨科医生告诉我，很多小朋友都会选择用一个简单的手术解决这个问题。我惊讶地问："他们是怎么发现自己有问题的呢？"医生说，其实很多人就医的原因都是体育成绩不及格，跑不快，跳不高。想想我居然克服重重困难，顺利通过了小学、中学和大学的体育考核，真想对自己说一声：辛苦了，你真了不起。

在我生长的时代，个体差异经常被忽略。我记得"弹响髋"还会影响我做仰卧起坐的成绩，但从来没有人告诉我，成绩不理想可能是因为关节联结的问题，而不是我体能不够。人们习惯认为，你要努力达到某个标准，如果没有达到，肯定是因为不够努力。爸爸妈妈肯定也不知晓，因为他们所处的时代更是罔顾个体差异，甚至企图消灭差异，所以才会有着装发型力求统一的疯狂。而后，这代人又在育儿中创造了"别人家孩子"的可笑说法，沿袭至今。

特别在那些渴望摆脱或者扭转自己命运的人眼中，比较成为唯一杀器。互相比较，仔细比较，一一比较，他们极为严肃地荒唐着。

有件多年以前的荒唐小事此刻跃入脑海。曾经有编辑因为帮我复印材料而遭到管事领导的奚落，那位领导转进我的办公室，投诉编辑不会用复印机，我说那您可以教他啊。他拉下脸，非常严肃：别人都会，怎么就他不会？我当时还不太理解，一个之前见人三分笑、谦恭至极的朴实大叔，怎么忽然就咆哮起来了？后来一想，大概是位置不同了，必得有般配的脾气，才显得像那么回事不是。眼看着鸡毛变身令箭，我觉得好气又好笑："可是别人写不出来他那一手好文章啊。难道比起做节目，会复印倒对单位更有用？"

想了想，戳人痛处的话，不说也罢。而且，既然我不会对邻居家端着新买的玩具枪指着所有人大喊"举起手来"的小

03 兴之所至

男孩生气,也就不应该对因为有了新装备而神气抖擞的老男生动怒。一套新戏装上身,总归有些不适应,特别在期待已久的登台时刻。剧本中,他是主角,我们原是需要按照他的剧本恭顺地配合演出的。后来听说不少同事都因为他的新戏装受过闲气——需要时不时被动参与到这一系列失败的演出中,是我们的可怜之处。他的可怜之处呢?或许是为一出不叫座的戏投入太多。

我已经很久没有见到他和他的舞台了,也不知道他现在是否还在为戏剧而痴迷。感谢电台的夜间直播,让我可以回避许多尴尬的演出。当我开始制作晚间节目的时候,尚未意识到这些额外的好处,我只是清楚我可以逃脱早晚高峰的拥堵,把整个白天花费在我所喜爱的事情上,比如和我的狗狗在一起,散步,阅读,发呆,偶尔打理花园……其实无论做什么,都比把时间浪费在堵车上更有价值。渐渐地,我发现夜间直播让我的生活变得无比简单:可以不去理睬那些无聊的电话,因为,刚下夜班,"我在补觉";还可以尽量推辞晚上的聚会邀请,因为"不好意思啊,我有直播";运气好的话,甚至可以推脱掉一两个会议,"昨天下了直播又录了节目,凌晨才回家,可不可以请个假"。自然,还有一个重大利好就是,几乎可以不再遇见你不想遇见的人。

所谓的弊端就是,你可能失去了与掌握生杀予夺大权的头面人物日常见面联络感情的机会。但这对我没有意义，即使出现在朝九晚五的时间区域内，我也是行色匆匆，必然不被机遇垂青。还是把机会留给有准备的人，把清静留给爱自由的人，如此，皆大欢喜。

所以，尊重自己，不仅意味着遵循"早睡早起身体好"的传统，也意味着要尊重感受，把"不舒服"当作行动的号令，尽可能避开那些令你不快的人、事、物。不做什么有时候比做什么对你的幸福有更重大的意义。

身体的感应是不容忽视的真实存在，我的经历就是很好的证明。和内心疲惫不堪的人一起吃饭闲聊，我会忽然间困乏得睁不开眼睛；陪家人去肿瘤医院看医生，明明距离不太远，等候时间也不很长，但回到家我立即躺倒在沙发上，一觉睡到天黑；还有若干年前被朋友喊去共进晚餐，顺便听她吐槽，结果饭吃到一半我就开始不明所以的头痛、胃痛，而两三个月之后，这位朋友被确诊身染重疾，时日无多……

当然也有和某位久未谋面的老友小酌聊天到深夜依旧神采奕奕的时候，只是这种让身体和头脑都倍感愉悦的朋友的确不多。坐在自诩为普通家庭主妇的她对面，我能真切地感受到一个身心健康能量满格的独特存在。一个人的高贵或卑贱远远不是头衔、资产、衣着所能界定的，身体懂得更诚实的表达。身体也是更聪明的思考者。

这些理由够不够说服你去尝试尊重自己的身体？时时刻刻和它在一起，不要轻易隔绝感受。当情绪袭来，不要忙着关闭闸门，而是找一个安全的环境，沉浸在其中，试着体会它想要传达的信息。假若能够多倾听自己的身体，然后随时进行调整，让自己始终处于轻松又饱满的状态，生活就不再只是例行公事，而是真正欢欣地展开每一天了。

现在，我的身体不再是理想的搬运工，它可以对任何事情发表自己的看法，我也学会欣然从命。 在夏末的108拜日中，我的身体和头脑在互相尊重的前提下达成了一致：为了避免"弹响髋"带来的不利影响，我在站姿准备时双脚不是略微分开，而是与髋同宽。征得老师同意后，我的108拜日便行云流水，毫无阻碍。我欢喜地把这个变体称为我的"宽脚拜日式"。

"宽脚拜日式"仿佛我和瑜伽的独特约定，每一次拜日前站立在垫上，内心都有一种无比自由的感觉。

尊重身体的理念可以带领我们逾越障碍，放下纷扰，专注完成动作，再把练习成果一点一点储存在身体里，等待着促成生命飞跃的那一天。

> 四季何时来，何时走，何时歌唱，何时住口，无人可以参透。
>
> ——亚历山大·蒲柏

每一个普通的日子，都是不可复制的奇迹

不要急于否定你所不了解的东西，不如从旁观察，看它到底会带来些什么。

为了在客厅里给千菊丸君腾出更大的玩耍空间，我们决定处理掉一个旧柜子。这个柜子平素用来收纳证件和文件，我在其中发现了几本证书：动物沟通师、植物精油芳疗师、瑜伽教练……这些都是我在一年之内取得的。

我笑着举起证书给猫头鹰先生看，他叹了口气：一个对考

03 · 兴之所至

证不屑一顾的人，竟然一下子有了这么多……没用的证书，可真好玩儿啊。

是啊，真好玩儿啊。难道不是因为没用，所以才好玩儿？所谓有用的证书，就是那些催促着你去干活儿的通行证，或是驱使你前进的 GPS。假若你认为来到人世间就是为了自我奴役，那你必然需要那些有用的证书，然后不断通过证书来证明自己有用，更有用，好在未来拉上更大的车，推动更重的磨。伟大的哲学家、作家梭罗在《无原则的生活》中批评了对于"行动"的痴迷："我认为这种无休止的行动什么都不是，甚至比罪行还不如，有悖于诗意、哲学，甚至有悖于生命本身。"而我相信，人做得更少，会对地球更好。在你还不知道什么是善的时候，先停下来，是避免作恶的最有效办法。

假若你也和我一样，对于丰富、生动、深刻、复杂的生命本身感兴趣，那么就需要在没有明显路标也不被 GPS 收录的小路上探索，沿途收集一块又一块拼图，最终亲手拼成一张地图——很有可能是关于寻找生命宝藏的路线图。拼图游戏不会带来任何关于大车和磨坊的消息，也无关成功和扩张，但是它更有趣，为你提供了看待世界和自己的全新维度。所有关于生命本身的辽阔视野和深刻体验，都是在帮你扎根，向更深的地方不断下潜。至于树冠的形状，花朵的颜色和果实的大小，那不是一棵树应该关心的。不过，只有根深才能叶茂，这是关于植物的基本常识。想到自己是一棵树，我忽然开心起来。一棵树能做的事情很少，除了不断向下扎根，汲取土壤营养，努力成为自己本来的样子。既然能做的只有这件事，那么现在就专注地开始吧。于是，生活变得很简单。

扎根是探索之旅，在途中你可能遇到意想不到的挑战和乐趣，还会碰到其他植物的根系。

去年十一假期，多数人在电视机前观礼，我在上课。来自美国的劳伦老师是位优雅干练的短发女士，她是著名的动物沟通师。虽然已经读过她的作品《和你的动物朋友对话》，并且进行过动物沟通的实践，但我仍对整整三天的课程充满期待。果然，当劳伦老师带领我们进入心灵空间时，奇妙的事情开始发生。我发现我在课堂进入的是较早时候创建的一个心灵空间，背景是初夏的英国小城巴斯。因为劳伦老师希望大家能够尽量固定使用一个心灵空间，不要不停更换，我于是在课间休息时和她交流起这个问题。我说自己在家时明明习惯使用另外一个位于山谷的心灵空间，可一到课堂上，就不自觉地进入了这个巴斯心灵空间，我也不知道为什么，或许因为老师是外国人？劳伦老师的脸上写满了惊讶，她告诉我，她其实拥有英美双重国籍，当年她在英国时，就生活在巴斯。我也讶异极了——原来她真的携带了独特的信息，而我也真的接收到了！

03 兴之所至

同学来自天南海北，职业多数和宠物相关，但也有像我一样的纯业余人士。一位嗓音有金属声的年轻男士，是家在成都的自由职业者，我叫他金属先生。我的同桌是位小巧的女生，剪着男生的发型，皮肤黝黑，戴眼镜。她是位生物学博士，来自云南，辞去了科研机构的工作，专心做她热爱的动物训练。课堂上有分组练习，比如花朵练习，就是让我们依据一张图片在头脑中构建花的样子，然后把脑中的图像推送给同桌，让她接收，感应，然后我们再对答案，看描述是否准确。我的手机里有旅行时拍下的绣球花照片，花瓣由绿色向橙色和红色过渡，我仔细看过，在头脑中还原，然后推送给她。我们在老师的口令带领下，闭目，安静地完成整个过程。睁开眼睛，她真的说出了我照片上那朵绣球花的样子，只不过，她不认识绣球，对我说是很多小花组成了一团大花，颜色也让她犹疑了一下，因为说起来实在有点复杂。她还在花朵周围看到一些飞舞的小东西，但不能确认是不是飘落的花瓣。"哪儿是花瓣啊"，我乐不可支，"那是我创造的小蜜蜂！"

我们当然还练习了真正的动物沟通，互相交换照片，和同学家的动物联结，有礼貌地问答。我沟通的边境牧羊犬 Soga 是位健谈的小姐，在寒暄和简单的问话之后，她反客为主，主动问我对鱼肉怎么看？我说还好吧，是很健康的食品，她却说觉得鱼肉有点恶心，实在不怎么爱吃。当我问起她的梦想，她向我推送了大雪覆盖的森林小木屋,说想在厚厚的雪地上疯跑,还想坐着雪橇飞驰。这一轮作业,我们必须在全班同学面前说出结果,等待主人验证。没想到 Soga 的主人就是坐在我前面的姑娘。她惊喜地对我说,她虽然在北京工作,但却是地道的哈尔滨人,春节回家时带狗狗去玩儿雪,Soga 确实欢喜,她们还坐那种简易冰车,滑起来像飞一样。至于鱼肉……出于营养均衡考虑,她偶尔会在餐食里加点多春鱼,但每次 Soga 看见小鱼确实一脸嫌弃。

一年后的今天,我沟通过的那位 Soga 小姐已经成为名副其实的网红,她吃饭睡觉的视频在抖音上火得一塌糊涂,前不久还刚刚完成了她狗生第一个电视专栏节目的录制。至于那个梦想,由于疫情导致的阻隔,整个冬天,她和主人都滞留在哈尔滨,所以,她几乎每天都在雪地上撒欢儿,偶尔还会凝视着落地窗前的空地和飞鸟陷入沉思。

每个人都和沟通对象建立了联结,问了问题,也得到了回答。不过,千菊丸君大约和沟通人开了个小小的玩笑。金属先生问丸丸家庭成员都是谁,丸丸告诉他有一只猫,还有另外一个……他也说不清的东西。他说看起来像是荷兰猪,还问我家里养不养老鼠。我不满意地回怼:谁家会养老鼠啊?他尴尬地说也是啊,但是实在看不太清楚,因为画面里的小动物藏在一堆东西后边,只露出灰色的小脑袋,嘴巴尖尖的,像是老鼠的样子。我没理他。回到家陪丸丸在院子里玩,丸丸又跑到木围栏旁边,从缝隙里伸出鼻子,使劲去顶那堆落叶。我问猫头鹰先生那儿有什么吸引了丸丸,他告诉我,好像是一只准备冬眠的大刺猬,就在墙角堆积的枯枝和树叶下面,那是他为自己搭的一个安乐窝。我恍然大悟:其实金属先生看到的不是老鼠,是刺猬!原来丸丸告诉他的所谓家人就是院子里的流浪猫和院墙外的白大仙。下午,我把这个消息告诉金属先生,他欣慰地笑:这就对了,嘴巴尖尖的,可不就是刺猬的样子。谢谢你告诉我这些。

一段奇异旅程结束,另一段奇异旅程开启,在动物沟通课程中遇见的有趣人物在以后的日子里渐渐成为朋友,我们组成了兴趣小组,开始新的探险。那些小小的冒险其实很安全,需要的不过是坐在那里,突破头脑的限制,拓展认知的维度。在足够的好奇心帮助下,我们往往能以快乐的方式寻得不可思议的结果。你能想象吗,当爱丽丝发现可以出入兔子洞的任意门,于是身心自由。

所有的学习不过是在组成任意门吧,只不过我们需要一块拼图一块拼图去发现,捡拾,然后小心翼翼地收集起来,等待那个完成拼图的时刻。很可能你会发现,就像哈纳·森尼西说的:在我的生命中,没有一件事情是意外的——每件事情都呼应着一种内在的需要。

若非此刻，更待何时

我的内在需求复杂而多变，这些特点通过我的学习内容可见一斑。算起来，我研究与天文有关的神秘学知识将近十年，读过相关的书籍足足可以排满两层书架，可惜学艺不精，技术尚不过关。我所景仰的荣格先生也曾研习类似的主题，程度当然远远在我之上。于是，我只能以粗浅的理解和真挚的心向学术大咖致敬。所有已知的东西都很难在我们探索未知的时候帮上忙，我们需要的特殊知识是些什么东西，一时间也很难知晓，所以，保持开放的心态才显得格外重要。不要急于否定你所不了解的东西，不如从旁观察，看它到底会带来些什么。很有可能，一环扣住一环，最终会联结到一些让你惊讶的东西。

当然，学习的含义远非参加培训，甚至也不一定要借助书本。最简单的开始就是重复做自己擅长和喜欢的事情，并且从中体会平静和愉悦。对我来说，写字和画画就是这样的事情。

三年前爱犬淇淇离开的时候我重新开始画画。

在此之前，画画仅限于在美术课上完成作业。其实我从小就喜欢画，但被父母送去上书画班的经历实在不算美好——对一个贪玩贪睡的小学生来说，谁愿意牺牲周日的懒觉和玩耍时间去坐车上学呢？何况我只喜欢用硬笔随手创作一些美人草图，完全无法欣赏水墨画的意境。虽然父母给我隆重准备了笔墨纸砚还有国画颜料，但我在垂头丧气地坚持了一年之后，终于借故摆脱了学习,重获自由。做喜欢的事难道不是为了体验自由的感觉吗?随时进入当下,沉浸在自己的世界里,然后倏然穿梭到过去,与旧时光中的美好重逢。

当淇淇突然离开,我遭遇当头一棒,小王子的玫瑰花被连根拔起,釜底抽薪,我的内心世界坍塌半边。那些日子,我每天都在思考一件事:怎么才能重新见到它?当然,我仍然可以在梦里见到淇淇,抚摸着它略略卷曲的金色毛发,喜极而泣。不过,对我而言,这还远远不够。那么多个美好的午后和傍晚我们曾一起在庭院里吹风、晒太阳、细嗅花香,现在,我该如何面对过多的留白?翻看照片和视频不足以让我回到拍照的那个温暖瞬间,于是,我拿起笔,一笔一笔地勾勒出淇淇的样子,当那双温柔的褐色眼睛重新出现在纸上时,我能感觉到那个活泼智慧的灵魂,那就是淇淇,我们仍然在一起。

忽然理解了神笔马良的故事,虽然我只是个喜欢用绘画来体验的普通爱好者,但我相信绘画者的感受是相通的。所以,马良画里的动物、植物并没有真的走出来,活起来,但画笔确实可以联结过去和现在,甚至能够穿越生命与死亡的界限,让绘画的人和赏画的人都能进入画中的神秘时空,带来另外一个维度的体验。当你专注于手中的笔和描绘的灵魂,一直画下去,那些逝去的生命就会在画中重生。而你的每个笔触,都是在和他的灵魂对话。马良哪里是有什么神奇的画笔,他有的大概只是极度的专念。又或者，每个全神贯注的绘者，手中都握着神笔。

整个春天，我似乎一直在画，候机时画，在飞机上画，在酒店里画，在家里也画……每当想念淇淇，我就拿出随身的铅笔和本子，画出来，边流眼泪边画，当然，也有些时候，我只单纯地想喝一杯威士忌。那时候，我还没接触过动物沟通，而绘画就是我和淇淇保持联结和对话的方式。绘画也是自我治愈的方式，不需要和谁分享——我相信我的痛苦无人能够体会，也不需要分享治愈的进程，更不需要遵照某个时间表，只有拿起画笔，接纳一切，接纳情绪，然后开启个人的疗愈之旅。我也并不关心是否有成长紧随其后，我只想支撑自己走过最煎熬的日子。

绘画是一种冥想，能帮助你更快进入另外一个时空。假若你希望幸福的感觉被延长，拿起画笔，重新描绘那个瞬间吧，这是最简单的方法，而且特别有效。我渐渐习惯用画笔复现生活中那些特别有趣的瞬间，继而开始尝试水彩和粉笔。我相信，由此造成了不小的浪费。因为我实在太着迷，开始不停尝试不同品牌的彩铅和颜料之间的风格差异，希望能更好地还原生活的本来色彩。虽然有点奢侈，但我还是坚持自己尝试，而不是相信那些似是而非的所谓专业评价和推荐。即便花费不小，我仍认为这种付出相当划算。一旦有了这种与自己相处并和生活的美好联结的独特方式,你会更加懂得欣赏已经拥有的一切,无论是晴朗的天气、整洁的房间,还是花园里刚刚绽放的粉色月季,都会让你绽放笑容。

知道自己不是外在世界的掌控者,同时也知道自己的手中握有寻回内心宁静的秘密钥匙,这难道不是最令人开怀的事吗?

淇淇离开两年之后,亲爱的 Happy(另外一只金毛猎犬,淇淇和我的好伙伴)也步入老年期,一直精力旺盛的它开始生病。猫头鹰先生不在身边,我们除却每周去医院针灸,还要经常使用艾灸理疗仪缓解它的关节疼痛。给 Happy 理疗的时候,我就坐在它的旁边,打开灯,画画。至于画中人物,就是正在接受理疗的长公主——Happy。画画让陪伴变得更美好,我在它身边,随时关注它的状态,同时完成自己的创作。照顾老年体弱的狗狗需要花费大量时间,于是我尽量减少工作,松开所谓必须做的重要之事对自己的束缚,让自己真正在乎的人、事、物成为每一天的主题。做对的事情,而不是刚好摆在面前的事情,这点我一直都清楚。别人眼中庸常无奇的陪伴在我眼中比金子更宝贵,因为它是我亲爱的 Happy 小妞啊,我要专注于我想达成的幸福。因为知道在一起的时光不是无限量漫长,就会更加满足于每一刻的微小喜悦。

现在,Happy 往生也一年有余了,回头看看,那些北风在

若非此刻,更待何时

窗外凛冽呼啸,而我们在室内彼此陪伴的时光,无比温暖和安宁。在我看来,最美妙之处在于,当我们经历幸福时,我认出那是幸福,并且尽力珍惜,没有被琐事牵绊偏离了正轨。

我们无法改变无常,但总要开始学习,学习无常一直希望教会我们的:尽自己所能享受快乐,珍惜拥有,每一个普通的日子都是不可复制的奇迹。

> 珍贵的东西在哪里？唯心知晓。
>
> ——陀思妥耶夫斯基

能提出问题就足够了，至于答案不必着急

终有一天，我发现自己只是装作好奇，虽然在嘉宾眼中我依然是好的提问者，但大多数时候，坐在话筒前的我只是个假的提问者，对此我心知肚明。

瑜伽哲学课上，讲到莲花，发生了一场小小的争论。争论发生在我和 Chinmay 老师之间。

莲花在瑜伽中地位崇高殊胜，Chinmay 用英文说了"出淤泥而不染"。

我举手提问:"我们好像不应该这样评判淤泥吧?说它脏,只是人类基于自己立场的见解,而对莲花来说,淤泥里恰好有丰富的营养。"

Chinmay 应该早就习惯了我的不同意见,他稍作停顿,大约匆匆思考了一下,随即赞同了我的道理。但他强调莲花的伟大之处在于不沾染,无论是泥还是水,都不沾染。

我笑着表示这个解释是可以接受的,同时暗忖:这种公然大力维护淤泥形象的举动,会让 Chinmay 老师以后授课时的用词稍作调整吗?

瑜伽是关于身体的一场革命,其伟大之处就在于"民主":不是只有主要的肌肉和骨骼和神经要发声,那些细小的肌肉关节神经腺体同样要表达自己,如此,才能成就健康而灵活的身体。深谙瑜伽精神的人也该如此吧,打破所有忽视和偏见,而后才有可能体会到无限。做到这些需要很多练习,而第一步或许就是不随意评判。所以,Chinmay 也和我们印象中的多数老师不同,他喜欢被提问,甚至被挑战,他说这样的课堂才有生气。而在课上,我常常是那个提出问题、发出挑战的人。

我习惯提问,大概因为我是职业提问者,或者说提问就是我的工作。向各种各样的嘉宾发问,这样的事情我一做就是二十九年。我也喜欢旁观别人的提问,自认有洞察好问题和坏问题的灵敏嗅觉。

近两年我也经常回答——《十点谈心》中有温暖智慧的汪冰哥和爽朗通透的思伽姐，我就是那个"思伽姐"。我们读到很多人写来的故事，包含着最私人的欲望和伤痛，每一个写信的人都希望我们能给出完美答案，帮他们终结盘桓不去的纠结。但那是私人的生命空间，在那里，每个人带着自己的灵魂目标和行动纲领，别人的主见并不能帮他们完成自己的功课。所以我们的建议常伴随更多的问题，希冀他们在不断思考和探索的途中，与答案相逢。

没有人能两次踏进同一条河流讲的是时光中接续不断的变化，既然变化永恒，所谓的完美答案自然也是不存在的。每个人都会作出当下的判断，但在下一刻，这个结论就可能发生变化。

所有问题并无一定答案，全看回答的人是谁，这就是人生。即便是同一个人，在不同生命阶段也会给出不一样的答案，这意味着成长和变化。所以，一个人能提出问题就足够好了，至于答案，不必着急，我们可以花一辈子时间去探究。假若你不急于回答，就可以赢得充裕时间去磨刀了，磨那把叫作认知和智力的刀。只要不太懒惰，中年人的智识应该已经是渐渐磨锐的刀锋，用它剖开事物的表象，再细细研究，是个有趣的游戏。假若刀锋足够锋利，则切割不会让它沾染任何，好像莲花。

若非此刻，更待何时

经常提问意味着你仍有巨大的好奇心和敏锐的观察力，从不将任何事情视为理所当然。

你也可以向任何领域发问，不要认为学习和探索只是小朋友应该做的功课。

在我的职业生涯中，曾有一段密集提问的时期，每天约见不同的人，听他们讲职业的故事、玩乐的故事、生活的故事，建筑师、消防员、法医、测谎专家、运动员、教练员、歌唱家、摄影家、演奏家、殡葬师、民间的能工巧匠……曾经，这些提问和回答意味着繁复有趣的清明上河图，给我的生活带来广阔视角。我是一个喜欢独处的人，而这些深度谈话极大地弥补了我匮乏的社交生活，让我既省却了参与聚会的尴尬，又收获了与人交流的乐趣。在聚会中哪里会遇见这么多有趣的人呢，见面的寒暄问候又怎能比得上直率的提问和坦白的回答呢？要创造一场兴致勃勃的谈话，双方都需有趣，特别是提问的那一个，你的无聊浅薄终将败坏回答者的胃口。

我喜欢这个游戏，并在很长时间内乐此不疲。但，终有一天，我发现自己只是装作好奇，虽然在嘉宾眼中我依然是好的提问者，但大多数时候，坐在话筒前的我只是个假的提问者，对此我心知肚明。我不再好奇那些人间故事，别人的人生已经无法打动我了。我最初有些惶恐，以为这就是所谓的职业倦怠，但后来我发现，这种改变并不意味着我丧失了好奇心，只是我的热情转向了别处。

宇宙、自然、命运，以及所有与规律相关的东西都让我兴趣盎然，而现象层面的眼花缭乱则不再对我有任何吸引力。

我尝试在人物访谈中向嘉宾发问：你相信命运吗？被我问到这个问题的有：外科医生、科学家、大学教授、警察……之所以向他们提问，是因为我从他们的人生脉络中看出了明显的命运操作痕迹。有趣的是，每个人都觉得这是一个好问题，并且在认真思考之后，都同意"命运的安排"是最合理的解释，而他们此前从未以这个角度打量过人生。其中一位博士生导师更是笑说我帮他解开了一个心结。

散文集《闲着》出版后，我曾接受一本女性杂志的专访，主编收到稿件后并不满意，一再追问是什么促成了我的转变，怎么就不在乎功名了呢。我知道她想听到一个饱含悲欢离合的曲折故事，然后，一个人顿悟了，开始"闲世人之所忙，忙世人之所闲"的旷达生活……我在心里笑，但我的人生实在不是知音体的励志故事啊。我只是一个不断好奇不断提问的人，而且充分尊重自己的好奇。所有的动荡都于内在发生，或许真是先夷为平地，后宛若新生，可哪里有什么肉眼可见的丰富经历啊。明明是一个无法让人潸然泪下的选手，在选秀节目中大概首轮即遭淘汰，我一定是让她失望透了。我抱歉，但也无奈：一个友善而冷淡的人不太容易有惊心动魄的人生，因为距离和空间才是生活的必需品,大量的戏剧性早就被我们排除在外了。毕竟,一双冷眼,才适合旁观和提问。

渐渐地,我有意识地离开所有让自己忙于现象的工作,只最低限度地和职业联结着。每次看到《金刚经》中"一切有为法,如梦幻泡影,如露亦如电,应作如是观"的字句,就没法说服自己投身于幻象中,何况这种投入会造成身体切实的不适感觉。你所不能忍受的噪声,正好是别人生活中的喜气洋洋,锣鼓喧天,你是要全面接纳自己,还是接纳别人的热闹?我选择了一条幽静的道路,因为希望自己是在精进着,而非晋升着。

从前,我的交流多半在工作中完成,做主持人的好玩之处是我可以不动声色地发出邀请,探究我感兴趣的那些人物和事情的面貌。安静的生活仍然需要友谊和交流,只是在日常生活里,我通常会划定更严苛的边界,越界即是冒犯。除非收到邀请,才进入对方领地做客。

常有熟络的朋友到访我的私人领地,他们能够鼓励我全身心地投入生活,并且更好地开启想象力和创造力。对我,这至关重要。生命不只是年华流走,假若在这条路上碰巧寻获有趣的同行者,简直就像得了"宇宙奖学金",从此便可更自由地追随给你启发和灵感的东西。而且,要在现代生活中建立自省的习惯,除了肯花时间,还需要同道中人的帮助。灵魂拷问是必要的，而且必然涉及生命的各个领域。我们的聊天好像童年的纸飞机游戏，我写一行字，丢过去，你有空时读了，再写一行字，丢还给我。这种交流悠游自在，毫无压迫感。清谈可以解决大问题吗？当你的话题锐利，而态度从容，就可能实现。当然，还要看你认为什么才是生命的大问题。所以，那些成天奔忙的人大概不适用这种方法，为了效率，他们可能更愿意把情绪和灵魂放在银行保险柜里托管。

无论在艰难还是愉悦的时刻，不期而至的问题都有巨大的能量，通过感受和思考，你可以满血复活，然后更加充分地投入每一天。重大的问题不一定是紧迫的问题。如果你只忙于应付紧迫的问题，而不给自己留有余地，很可能同样的问题会反复出现，直到你愿意停下来寻找根源。那个磨刀不误砍柴工的古老故事，说的就是这码事吧。而所谓砍柴，在我看来就是审视和清除障碍的过程。最要紧的是你要明白什么才是障碍。在这个阶段，很多疑问将浮现出来，也特别容易迷茫和失去自信，所以格外需要有益的交流。

一切质问和回顾都是为了打破桎梏，更加真实地活着。

"你觉得自己是个不吝惜赞美的人吗？特别是对自己身边最亲近的人。"

最近，在深夜收到语音提问，一个切中要害的问题。我认真想了一下，确认自己不喜欢。我极少大张旗鼓地夸奖别人，除了对我家的千菊丸和 Lisa，它们分别是一只日本秋田犬和一只英短蓝白猫。

"我不怎么喜欢主动赞美别人，除非确实需要。"

"为什么？"

"多数时候我觉得理解、信任和支持更重要，相比之下，赞美显得太廉价了。"

"'廉价'这个词儿太传神了，你真是典型的方片人。"她的语音里夹杂着得意的笑声。

方片人，这是纸牌系统里的术语。你的生日会有相应的一张牌来代表，这就是你的生命牌。方片花色的纸牌代表金钱或者我们在生活中最珍视的东西。如果你的生命牌是方片花色，就是所谓的方片人。方片人是整副牌中的成年人，从小就不喜欢被像孩子一样对待，据说也格外看重价值感。

我的朋友是梅花人，按照纸牌系统的说法，梅花代表人生的夏季，梅花人把注意力更多放在追求知识上，他们是永远的大学生，通常渴望学习新东西，对生活细节非常感兴趣。

所以，有趣的沟通建立的基础是：沟通两端的人都要有趣。两个加起来九十岁的女人，依然对宇宙充满好奇心，阅读口味极其复杂，而且依然注重个人成长，愿意为自己的兴趣耗费大量时间和金钱，就凭以上几点，就应该是有趣的人物吧。

一个住城东，一个住城西，在一座庞大复杂而且神秘莫测

03 兴之所至

的城市里，对距离如此遥远的两个人来说，见一面实在太铺张。由于我们一直严厉抵制浪费生命的行为，所以三四年间，一共只碰头过一回。那次我出门办事，顺路和她约在城西，在酒店大堂喝咖啡闲聊，言谈间观察各色人等。那是我们多年来的第一次面谈，非常开心。但因为惦记着晚高峰的路况和家里的狗狗，反而不如在微信里聊得自在。

当你想聊点特别的话题，就需要联络特别的人。这样的朋友知道你在说什么，而且能坦诚地提供她的见解。

我的确很在乎价值，除了我所珍视的，其他的人、事、物对我来说一律不值得，无论市场对他们如何定价。在我的概念中，不值得就等于逐客令，是非常决绝的拒绝。"廉价"，我在心里重复着这个词儿，笑。她若不说，我真没注意。人类大多对习惯缺乏觉察，所以需要提醒。好的提问者会让你更清晰地知道你是谁。所以，隐居者无须高朋满座，只要知己二三人，足矣。

在我看来，好的提问者需要满足以下要求：热爱自然，为灵魂进化和生命的辽阔而着迷，对无聊的对话容忍度低，时常剖析自己，同时乐于贡献对世界和他人的观察，即使观点不同，也能直言不讳。

最近，我又做了一次提问者，在答辩现场。预感到这是重生之年奇幻之旅的最后一个游乐项目，我欣然赴约。在答辩席

若非此刻,更待何时

落座的是我的同事,我们早就熟识,因为在一座大厦上班,共用一间录音棚,也常在急匆匆赶往直播间的路上彼此打个招呼。有时候,我们会在电梯口揿住按钮,为赶时间的对方留住电梯……但作为提问者,我忽然发现,我们其实有些生疏。

轻奢生活仅仅是指物质,而无关时间和自由的吗?

掌握心理学知识就是为了增强说服力,影响有影响力的人吗?有影响力的人物难道都不喜欢独立思考,只偏好守在收音机旁等待教化?

蔓延全球的疫情只提示我们要重视保健养生,锻炼身体吗?人类无节制的发展造成了地球的浩劫,难道仅凭锻炼和保养就可以避开无常的拷问吗?

音频节目的优势难道不是直抵内心吗?而这好像是人类大脑功能决定的吧?

我们做了很多貌似有用的内容,但这些和精神世界有什么关系呢?

关心广告,关心活动,关心具体问题的解决,可是,就是没有人关心人心吗?

到底是谁在听广播?人,只是大数据里微不足道的那一个吗?

这些问题,有些说出口了,有些咬牙忍住。大家都不容易,徒劳的努力中包含着许多的不得已。好在，并不是所有问题都需要回答，它们只是磨刀石，假若你愿意，可以用来磨锐思想的刀锋。

收工回家时正是晚高峰，节前的道路漫长拥堵，足够我翻找头脑中的任何困惑，再将它们一一拆解。那么，提问的意义是什么？难道只是提问本身？

对啊，提问就是提问者的价值吧，你要坚持思考，尽力发出不同的声音，无论何时何地，面对何人。提问者是推开窗的那个人，至于其他人是否乐于走到窗边看外面的风景，这不是开窗的人应该考虑的。

做你应该做的，结果是老天的事。好吧，我又投出两只纸飞机，为我自己。忽然很好奇：像我这样一个提问者作为朋友有什么优点呢？第一只纸飞机返航，载着冷静的答案：

1. 保持恰恰好的距离又在关键时候给予支持；

2. 不被情绪和关系左右的冷静客观分析；

3. 洞悉别人看不到的内在世界，脱去繁文缛节的直击内心的交流；

4. 善于发现别人的优点，并能真心地（其实这并不多见）赞美；

5. 包容一切怪想法。

稍晚，另一只纸飞机也顺利抵达，带来一个更感性的说法：

我觉得你是一个可以信任的朋友,一个有趣味的朋友,一个值得一交的朋友,一个可以彼此尊重的朋友。

一向傲娇的朋友公然寻求表扬,我想收到纸飞机的两位,必定暗自吃惊。但他们的褒奖,我准备照单全收,并且原封不动地粘贴到这里。因为这既是一个中肯建议,也是一份邀请:一个如此友善又如此冷淡的人也可以交往到好朋友,这就是懂得提问的好处吧?所以,来做个提问者吧,你也会收到很多奖励,真诚的友谊只是其中之一。

疾病、怠惰、犹豫、疲弱、物欲、谬见、精神不集中、注意力不稳定,这些都是令意识分散的障碍。此外还有忧虑、紧张、呼吸不匀等。练习瑜伽可克服这一切。

——帕坦伽利

练习瑜伽吧,它能挽救你的生命力

瑜伽可以给你更好的东西啊,可是你却只想要减脂塑形吗?你的生活中明明有更大的障碍啊,难道一切的不如意只是腰腹赘肉引发的吗?

在瑜伽里,五根手指代表着不同的意义。大拇指代表宇宙,食指代表自我,中指代表自尊,无名指代表欲望,小拇指代表无知。当握拳动作中其他四根手指包裹覆盖着大拇指时,象征着代表宇宙的大拇指被代表着自我及自尊的自己所包裹覆盖,

若非此刻，更待何时

也就是我与宇宙融为一体的意思。

有人说：瑜伽是一门活的艺术。它是我们在内在和周遭不断变化的复杂世界中，一种行动、呼吸、思考、扩张和收缩、演化和互动的方式。

练习瑜伽让我以精微的方式体验到个人的局限，然后一点一点尝试拓展，学习与未知共存，开始探索无限。对于初学者，这大概算是不错的成绩。

去年9月，第一次来到瑜伽馆，我对瑜伽在我的身上会创造怎样的变化一无所知。我的愿望很简单，学会呼吸。对于一个已经呼吸了四十几年的人来说，重新学习呼吸仿佛天方夜谭。我还记得被问到习练瑜伽想要达到的目标，我说到学习和改善呼吸时，问话的女生脸上掠过一丝微微的讶异神色。这个女生，就是我后来的私人教练。

已经熟练掌握的技能，为什么还要学习？但这正是问题所在，我们以为自己很精通的东西，其实并未真正入门，假若一直无意识地使用错误的方法，那可能正是造成麻烦的根源。**呼吸是能量交换，是我们与外界建立联系的简单而持久的方式。**由我们负责的其实只是一吸一呼，我们可以屏息，但不能无限制地屏息。我们还能深呼吸，这可能是我们能干预呼吸的为数不多的几个地方。当时，这就是我对呼吸的认识。但我明白呼吸的重大作用，比如，它会影响到我们的思考和情绪，它可能会直接决定着我们的生活方式。情绪平静时,呼吸深长,情绪起伏时,呼吸急促。观察那些情绪不太稳定的人,你会发现,他们总是把呼吸作为横膈膜以上的运动,以致气息全被阻滞在胸口。不能顺畅地吐纳,自然也很难顺畅地生活。我像发现新大陆一样,发现了呼吸的魔力。之后就是如何学习魔法,以求某一天能够灵活运用魔法。

我还记得我的第一堂瑜伽课,现在看起来就是一些入门体式,诸如下犬式一类,还有非常简单的扭转。当时正是秋天,空气渐渐转冷,但是课后的整个下午,我感觉周身的经络通畅,整个人暖洋洋的,每一条血管都好像阳光照耀下的小河,平静快乐地奔流着,内心的喜悦无法言喻。

其实,这并非我人生中的第一堂瑜伽课。早在十五年前我就练习过瑜伽,在日坛公园那所独特的古建筑里,阳光从落地玻璃照进来,穿着白色衣裤的印度老师带领我们的课程,价格不菲。但我终究没有坚持。那个时候我还无法体会瑜伽的好处,于是重新回到了健身房的跑步机上。很多事情都需要时机,这意味着除了等待还要保持开放的心态,即便是过去被认为不适合自己而放弃的,也并非不能重回生命。不要为自己订立任何所谓的信条,只要去探索,随时保持灵活和弹性,不断对变化作出回应。

所以,当我想要重新学会好好呼吸并且寻求专业帮助时,

若非此刻，更待何时

我回到了瑜伽垫上。

从 10 月中旬开始，我每周上一两次私教课，缓慢而稳定地实现进展。这一次回归实在及时，待到春节前后，疫情发生，健身房游泳馆纷纷关闭时，我很庆幸自己有了一种足不出户，仅用一张垫子就可以随时开始的愉悦身心的活动。

当国外医护人员呼吁应该为医疗用品开设绿色通道以解决运输缓慢问题时，他们吐槽说：我们急需的口罩、消毒液、酒精竟然和瑜伽垫放在一起，同车送达。我不觉一笑：瑜伽垫虽然不能挽救生命，但它能挽救生命力啊。在一个变幻莫测不知明天会怎样的时代，能令人心神安宁的能量其实也相当宝贵。况且，这种艺术还会让人放下对自我的执着，最终感受到与世界万物、与每个人的联结。当我们体验到这一切，内心自然会充满慈悲，意识到自己与万物合一会让我们立即停止伤害，而这些才是整个人类疗愈的根本。

近年来，计划不能实现越来越成为常态——为了教会人类放弃多余的计划，老天无所不用其极。多数人也逐渐相信：不要说五年计划、十年计划，就连下一个月乃至下一周的计划都可能几经更改。人类为什么总喜欢制订计划呢？还有所谓攻略，我们兴之所至，自在玩耍，不好吗？须知一旦拥有某个计划，你很可能会自动过滤掉计划之外的所有机会，并且把计划不能实现当作一种破产和失败。多么荒谬！为什么宇宙要听从你的号令，帮助你实现可怜头脑中的小计划？难道不应该由你去选择和更广阔的世界联结，学会放下，让小我臣服，去体验自由和奇迹吗？为什么你总是需要更多，而不是安心享受你已经拥有的一切呢？

"看到你所拥有的"是瑜伽给我的第一个提点。当我意识到自己的僵硬，连一些简单的动作都无法做到时，才明白，这个身体的很多部分从没有真正启动过。即便已经在身体里共存四十几年，我的头脑甚至不知道这些部分的存在。头脑习惯了去支配主要的肌肉群，去做重要的动作，而那些细小次要的肌肉群一直被忽视，常年处于休眠状态。当整体的很大一部分仍然在冬眠，不与肌体协同运作，身体的春天又怎么会到来呢？僵硬的肌肉需要被唤醒，而在此之前，它们首先需要被看到，被联络。

这是一种令人兴奋的体验，习惯的行为模式渐渐消散，自由随之展开。所以，当我的私教老师问我感觉如何时，我总是笑着告诉她：非常有趣。这是最初真实的感受，一直伴随着我。继续练习，不间断地练习，然后，在某个时刻，内在的种子被唤醒，我感受到了全然的满足与觉醒。我甚至能够记得那个时刻，就发生在5月的一次练习中，5月的一个下午，瑜伽馆刚刚恢复营业，我上了疫情结束之后的第一节私教课。那天晚上，坐在花园里，仍然能够感到延宕开的宽松、平静和喜悦，我和

若非此刻，更待何时

千菊丸被温暖的夜风拥抱，呼吸间鼻腔里充满着金银花的香甜。那一刻，我体验到了一种深刻的平静，同时又充满了活力。那个时刻，忽然对于每次课程结束前，唱诵后，Chinmay 老师双手合十对我们说的话有了清明的体验：感受身体的变化，感受内心的平静和快乐。此外，还有深深的满足。

当一个人生活得不快乐的时候，他可能会怪罪工作、伴侣和家人，或者干脆责怪命运，但很少有人认为不快乐的根源在于身心分离。我满怀感激，为自己最终找到了解决问题的钥匙。

我们总是过度使用身体，用头脑制订计划，然后驱赶身体，这种过度使用简直可以称作奴役。这个节目马上就要完成了，再坚持一下；为了三天后的休假而拼命赶工到半夜……这些事情我都做过，虽然，我还远非"生命不息，奋斗不止"的那一类强人。过多的压力会改变个人作风，以至于给身边的人也造成压力，对此我有切身体会。在需要每天直播，倍感时间紧迫的那些年里，我一直处于不自觉的压力中，因此经常没法好好说话，特别当我感觉别人拖沓琐碎时，就会不耐烦地提高嗓门。那时，我对于自己的神经紧绷还鲜少觉知。现在回想起来，因为担心突发状况造成延误直播，我时常在崩溃的边缘调试自己的心情，以保持某种看起来稳定乐观的状态。而这肯定会对思维造成阻碍，引发认知水平的下降，影响到对幸福的感知能力也是必然的。可惜，没有人对此作过具体的测量和计算。

03 · 兴之所至

这种紧迫的心理战游戏最终被我自己按下了暂停键。我不想玩了，任何角度的感受都不支持我继续下去，游戏的营养敌不过身心的损耗。我已经证明过自己能玩得很好，这已经足够了。那个落雨的下午，我被困在长安街上，一动不动。高级别交通管制，汽车们在原地困守了一个小时，我坐在干爽的车厢里看天光从明亮到暗沉。打开收音机，搭档孤独的声音仄仄的飘进耳朵。抱歉之余，我更多地感到悲愤：为什么我竟然允许自己把生命耽搁在如此无意义的事项上。

那是我逃离无意义生活的开始。自此，我的逃离一发不可收拾。我开始离开所有我认为不重要的事情，在一片惊诧的目光中。他们认为的失去，其实是种得到。用妄念交换自由，这不是相当划算的交易吗？一切账面上的损失都不及把时光拿来投注在重要的人事物上，那是一种拆除，拆除无用的篱笆，原先被分割成条块的生命于是渐渐重新成为一个整体。这个过程一直缓慢然地进展，然后，我遇见了瑜伽。

所以，我是在瑜伽的道路上遇见瑜伽。这种相遇也是必然。

瑜伽并不会让你放弃什么，但是当你在确定自己的道路之后，在前进的过程中，那些不适合的东西就会自然地离开你。

至于我为瑜伽花费了多少金钱，大概很难具体衡量，况且我是一个对数字缺乏概念的人。

我买了 30 节私教课，参加了 20 天视频瑜伽课程，又在今年完成了瑜伽教练200小时培训。家里有几张瑜伽垫,我已经从初学者的5mm瑜伽垫过渡到使用更精准的3mm瑜伽垫。在相当长的时间里,各种款式的瑜伽服成为我的家居服,而经过一年持续不断的练习,最初穿着的尺码已经嫌大,必须汰旧换新了。

更多投入的是时间,最近的大烦恼就是,交通压力让我去往瑜伽馆的通勤时间越来越长,而一路上的无序和混乱也有可能影响我的心情。所以,我往往要更早出门,在保证不迟到之外,还要给自己留点时间在车里安静独处,平复心情,这些多花费的时间可以让我在进入课堂开始练习的时候尽量从容。

但烦恼仍然持续不断。瑜伽要求专注,所以对于环境的安静有着极高的要求,但近来的瑜伽课堂却越来越显得杂乱。那些无论迟到多久仍要坚持进入课堂的,都不是真正热爱瑜伽的人。她们关心的只是自己的锻炼成果,因而她们需要的可能是健身操。我需要忍受很多打扰:比如高温瑜伽课上到一半,摄氏45度的教室里突然吹进一股冷风,一个满身寒意的人推门进来,参与练习,大概过一会儿,还有另一个。哈他瑜伽课程开始时的冥想总会被迟到者干扰,她们以为只是在教室里展开自己的瑜伽垫而已,算不得什么。还有课程结束时的休息术,某个未静音的手机一而再再而三地响起。我平静地打量这些干扰制造者,发现她们常常心安理得,毫无愧意。也有那些真正爱

03 兴之所至

瑜伽的人，她们会在迟到的时候留在外面静候下一节课开始，或者干脆转身离开。还有的人约了课却不来，也不取消，攫取了别人的机会，然后轻易浪费。更有人会在课前 5 分钟才说自己来不了。凡此种种，不一而足。

其实，这些行为已经违背了瑜伽制戒中的"不偷"。多占用课程的机会和资源，因为不愿耽误自己的安排而打扰别人的课堂，这些都是内心匮乏感的显影。一切侵占盗取都是欠缺感的表现，对于已经习练瑜伽一段时间的人，更属于明知故犯，这样一路练下去，又怎么会有真正的长进呢？但最大的问题在于，破坏规则者并不会受到惩罚，这让瑜伽馆越来越像一座茶楼："来的都是客，全凭嘴一张。相逢开口笑，过后不思量。人一走，茶就凉。有什么周详不周详。"

我不是生意人，也不迷恋阿庆嫂，对我来说，瑜伽是更庄严宏大的课题，需要认真对待。所以，我再次选择逃离。

就像当你准备好做学生的时候，老师自然就会出现一样，我刚冒出寻找另外一家瑜伽馆的念头，消息自动浮现。9 月的一个下午，坐在沙发里看手机的猫头鹰先生忽然对我说，在离我家不太远的大厦里新开了一家瑜伽馆，环境非常好，车程和我现在去的这一家差不多。

"真的？"我大喜，还有一丝被戳中心事的惊讶。

"是啊，你要感兴趣，我们哪天一起去看看。"

若非此刻，更待何时

又过了两周，忙完手头的事情，我们在周日下午去看了新的瑜伽馆。提前 5 分钟进入教室，不允许把手机带入课堂，落地玻璃窗，新风系统，充足的衣柜和完备的淋浴设施，每晚 8:30 开始最后一节课程……我欢喜地缴费，成为会员。

事后我追问猫头鹰先生怎么想起向我推荐瑜伽馆的，他说感觉到我越来越不喜欢现在的这一家，又想起他在香港工作时常去的瑜伽馆，感觉那种风格可能更适合我，只是不知道在北京有没有分号。上网一查，居然去年年底真的新开了一家。就是这样，就这么简单。

这算是我最新的一笔花费，为我所爱的瑜伽能够始终和我最初遇见时一样可爱。

我曾遇见不少初来乍到的女生指着腰腹对教练说：我想减掉这里的肉肉。错身而过时，我瞥一眼她们，见到局促焦灼的面容和空洞失神的双眼。我低头，想，瑜伽可以给你更好的东西啊，你却只想要减脂塑形吗？这真是莫大的误解。而且，你的生活中明明有更大的障碍啊，难道一切的不如意只是腰腹赘肉引发的吗？

常有人误解瑜伽，认为它只是折叠身体，最终因为增强了柔韧性而添加美感或延年益寿。其实瑜伽带来的最大好处是满足，因为既能进入当下又能探索无限而带来的深刻满足。当然，很多人对满足也有误解，认为那意味着停滞，不再进步，其实，让自己裹足不前的是自满，而满足则是在任何境况下都能让自己心平气和好好生活的能力；也是全盘接纳现状而仍然抱持希望的能力。所以，走在练习瑜伽的路上，你会发现，前方有无数美妙时刻正静候你的光临。

公允地说，导引我走上瑜伽之路的第一家瑜伽馆并没有真的变坏，只是，从前我一直上私教课，没有机会遇见其他人，也没有机会被打扰。守时是王者的礼貌，但是无论王者还是礼貌，在今天都越发罕见。所以，如果让我给初学者一些建议，那就从选择你喜欢的一位老师的私教课程开始吧，像我当初一样。

时至今日，我还是很喜欢最初遇见的两位瑜伽老师，但就像佛经里所说的月亮和指向月亮的手指之间的关系，"如人以手指月示人，彼人因指当应看月"。用手指向月亮的目的是让人观月，而不是关注手指头。所以，那个伸出指月之手的人，也应会因为我始终看向月亮而感到开心吧。

200小时教培课的毕业典礼上，Chinmay老师把毕业证书交到我们手上，然后和每个人大大的拥抱。我记得他对我说，你是一个非常好的思考者，以后还要多多练习。

是的，我会每天练习，一直练习。

现在，就开始练习吧。

04 幸福配方

真正的幸福应该来自不再盲目与他人比较;每个人的生命都如此不同,先得到不代表会一直幸福。

一同沉默是美事一桩。而比这更美妙的是一同微笑。

——尼采

学会沉默，感受自然的伟大

沉默并非是万籁俱寂，只是调低人类的音量。这意味着一种姿态，愿意把自己放到一个合适的位置上，与万物共生共荣。

沉默是一桩美事，无论是一同沉默还是独自沉默。沉默能让你听见自己以外的声音，你会感受到整个存在，从而体验与生俱来的富足。

我们在日常生活中大量使用语言，发出信息，也接收信息。这些行为让语言的领地不断向外扩张，使它几乎成为我们唯一知晓的沟通方式。这大概也与背景中的噪声日渐增大有些关系，因为害怕自己被淹没，所以更努力地发出声音，于是在对抗噪声的过程中成为噪声。如果能带着觉知生活，观察每天所经历的语言交流，就不难发现，我们听到的和说出的话，大部分都是不必要的。

对于广播节目主持人而言，发现以上规律其实是件极其尴尬的事情。但我无法刻意回避这个明显的事实，也不能假装尚有例外。也许尽量减少工作以避免自己的难堪是我目前唯一能做的。

写到这里，起身去倒一杯茶，听见猫头鹰先生自言自语：今天准备做果酱了，海棠那么多，吃不了。

我没说话，拿起茶壶给他也倒了一杯，然后端着我的乌龙茶回到书桌前。

他其实不需要回答，只是在整理自己头脑中的记事簿。而我正安坐在自己的世界里，不想起身应答刚刚听到的铃声，也不欢迎访客。

秋天暖洋洋的空气正从那扇开着的窗子透进来，带着似有若无的植物香气。可惜，开关车门的声音和宾主的大声寒暄破坏了午后的静谧。楼上发出一个声响，小时工正在卧室打扫，大概是靠在墙边的拖布手柄滑落在地上。真正的沉默其实非常难得。你不会觉得斑鸠和灰喜鹊的吵嚷破坏了安静，更不用说白头鹎和八哥的婉转啼叫了，但人声就是对自然一种硬生生的打断，怀着可笑的自大。现在人声隐没，起风了，饰满果实和树叶的树枝被摇动，簌簌的摩擦声音从窗口涌进来，传到耳边。除了猫头鹰先生摆弄手机正在截屏的声音，和冰箱压缩机启动的声音，一切都很自然。当然，还有我敲击键盘的声音。

一条微信到达，安静又被打断了。

我在心里叹口气。收到的是猫头鹰先生发来的一个链接，不用看我也知道，他就靠在书架旁边的扶手沙发里。因为要去另外一座城市工作，他正在找房子，刚刚在网上看中一处花园小屋，想听听我的意见。

"还不错啊，这个。"我确实很喜欢这处房子所在的地段，但是又觉得仅凭照片并不能作出判断。最糟糕的是，他的话题将我的思绪引向了一本书。我记得我买过那本书，一个美国记者写的，挺有意思，但不知为什么，我只看了开头，就放下了。现在，兴趣被重新提起，我起身去书柜里拨弄，看是不是还能找到那本书……没有发现目标，但并非一无所获，我找到另外一两样有趣的东西，顺便扫除了书柜里的灰尘。

20 分钟后，我重新回到书桌前。

研究表明，人的思维飘逸四散是不可抗的自然本能倾向，我的行为也证明了这一点。这就是为什么我们需要独处，或者一个沉默的伙伴（比如狗狗）：生活千头万绪，无处不包藏奇迹，但仍要尽力避免打扰，全神贯注，特别是在你需要限时完成某项任务的时候。很多事情在分散我们的注意力，意识状态不断被打断，这导致我们无法体验到专注、深刻和幸福。

大量研究证明，人的幸福并不仅仅与其从事的活动有关，还与是否投入其中有关。从这个意义上说，沉默是不可思议的礼物。

沉默的首要好处是创造富裕的空间，也就是所谓余地。当一个人懂得在充裕的空间中舒展自己的身体和心灵时，他自然会感到余地带来的好处。在享受这种好处的时候，也会惠及他人，特别是身边亲近的人。

我曾听到一个关于老子和邻居的故事：每天清晨，老子总是一个人上山，直到中午前后才回来，风雨无阻，满怀喜悦。邻居很好奇他的行踪，也想和他一起去。老子起初不同意，无奈邻居一再苦苦央告，于是他向邻居提出一个约定。他告诉邻居，可以跟随他一起上山，但是沿途必须保持沉默，一言不发。一旦打破了这个规矩，就不能再跟随他了。邻居满口答应。于是，第二天一早，两个人一起上山。清晨的山谷异常幽静，各种奇花异草和挺拔的树木生长在山路两边，鸟鸣婉转，偶尔还有其他小动物活动的声音。他们一路走到山顶，看见一轮浑圆的红日正从缭绕的云雾中冉冉升起。山间日出实在太壮丽，邻居费了好大劲才控制住自己,没有发出赞叹。于是,他们一前一后默默地下山,穿行在山间的美好景色中。第二天,邻居又准时跟随老子上山,第三天也是如此,这一跟就是一年。

邻居有个亲戚来串门,发现了邻居的变化,于是好奇地问他这一年间发生了什么,为什么他浑身洋溢着平静和喜悦。邻居说出了每天上山的经历,于是亲戚也要同去。邻居带亲戚去见老子,老子打量邻居亲戚一眼,坚决拒绝他加入。但两个人一再苦苦哀求,于是老子勉强答应,并且重申了他的唯一要求:保持沉默,否则就要离开。第二天,他们一起上山,见到了同样清新的山林美景,又在山顶遇见了那一轮喷薄的红日。亲戚被眼前的壮美惊呆了,不由得赞叹了一句:太美了。老子回头看了他一眼,冷冷地说:明天你不要再来了。亲戚垂头丧气,邻居也有点难为情,三个人就此下山,一路无话。

后来,邻居专程上门拜访老子,一边道歉一边请教。老子说:你第一次跟我上山时,虽然管住了自己的嘴巴,没有说话,但是我能听见你的脑子一直在大声讲话,直到后来,这种声音越来越小,你的头脑也终于安静下来。你的这位亲戚,他头脑中发出的声音比你当初还要大得多,所以,最终他没有忍住,从嘴里说出来了。我们三个人一起站在那里,他看到的听到的,我们也都体验到了,只要自己去感受就好了,为什么非要说出来呢?说出来反而破坏了那种美好。因为他的头脑实在太吵闹嘈杂了，没有办法安静下来，所以我告诉他不要来了。

老子上山的故事也是在瑜伽课上，从 Chinmay 老师那儿听来的。当我问他出处，他笑说，他也是从别人那里听来的。

不知道这个故事是不是杜撰的，外国人总喜欢把奇异的情节与神秘的中国哲学家老子联系起来。不过，这个故事编纂得倒很妥帖：老子本人必然是沉默寡言的，不独是他，所有热爱自然，敬畏天道的人几乎都是沉默的。人类本来可以成为万物之美的一部分，一旦开口，顿时从存在中被剔除出来，与万物的和谐也荡然无存，瞬间被打回原形。如此，还怎么能"和其光，同其尘"呢？所以，《道德经》才说"知者不言，言者不知"。能用语言文字表达出来的不过是道的皮毛，而不是真正的大道。万事万物变化无穷，人可以感知，却无法精准表述。真正知道万物变化无穷无常的人也自然明白无法用语言描述它的本质，所以沉默。

省却坐而论道，就有更充裕的时间去感知，能更深入地体验，能回归生命的本质，于是也能更平静、更快乐。

不过，我们可以保持安静，却无法让现代生活三缄其口。它一直在用尽浑身解数挑逗人类的欲望，拼命诱导我们偏离本心。他们的手法很简单：打破原有的沉默，代之以他们的喋喋不休。

电梯门打开，迎面墙上有新的广告灯箱：某某网站，精彩视频一网打尽。这是另外一种打扰，无论你在想着什么，都会被它呐喊着跳出来的样子打断。街边散发的小广告改头换面，登堂入室，公然侵占了我们的生活。我无奈地垂下眼帘看向地面，现代人的清静如此难得，连去一趟地库也要被拦截打扰，非得听上一两句明火执仗的广告不可，真是悲哀。这大概意味着我们首先是大数据，是用户或者潜在用户，其次才是人。那么，在现代社会中，除却商业价值，我们还有其他价值吗？这实在令人起疑。所有过剩的干扰和诱惑无非是在抢夺我们的注意力，一旦不小心迈入他们的圈套，一场消费诱捕就在所难免。即便没有财务上的支出，你也在不知不觉中付出了注意力：广告、弹窗、碎片化的图像导致我们很难有持续性的思考，只能不断对外来刺激作出反应。神经持续被各种刺激捕捉会导致注意力受损，这可能会导致很多人无法深入思考，也不能作出明智的判断。

猫头鹰先生最近一直感慨，为什么古人能写出"落霞与孤鹜齐飞，秋水共长天一色"之类隽永的诗句，而现代人却写不出来呢。我默不作声，心想：秋水和长天在哪里呢？楼宇之间不是只有窄小的一沿儿天空吗？被高耸的城市打断的岂止是落霞和孤鹜，还有人类的意识。七零八落的注意力无法进行深入思考，而古诗的韵律对于描绘钢筋混凝土和玻璃幕墙显然力有

若非此刻，更待何时

不逮。我甚至想，假若牛顿不是在17世纪的三一学院做学问，而是住在北京繁华的CBD，那万有引力定律和三大运动定律还能被发现吗？他该不会被闪烁的霓虹灯、广场舞音乐，以及各种汽车、摩托车的声音弄成神经衰弱，或者在边思索边散步的时候被逆行的电动车撞飞吧？

我们被污染包围，我们的专注受到阻碍，因为现代化的都市生活不肯沉默——沉默可能导致利益受损。每一个商业项目都在争取被听到和被看到，好像后宫的一众嫔妃，日日思量如何争取皇帝的恩宠。但在一片诡计中我们仍然可以保持警觉，以在这个激动人心的时代照护好自己的头脑和精神世界。

最近一年，我常逃离喋喋不休的城市。

9月，去山里小住，避开人流拥挤的周末，我们租下了整层露台。那天正是初一，没有月亮的晴朗夜晚，最适合观星。后半夜，烧烤的炭火渐渐冷掉，裹上风衣也不足以御寒，但是被整个星空拥抱的感觉实在美好。没有万家灯火打扰，才能和漫天星斗彻夜长谈。猫头鹰先生说这是他第一次正式和仙后座、天鹅座见面，其实我也是。不只是初相识的星座，还有老朋友：头顶上那颗闪烁着橙红色光芒的火星格外耀亮，让人不由想起关于"荧惑"的传说，内心隐隐不安。山中的夜晚，人类的喧嚣终于散去，我甚至能够听见露水在草叶上慢慢凝结……寂静中偶尔传来一声闷响，那是掉落的栗子砸到地板的声音。我们什么也不说，就这样坐着，冷了，就喝一小杯伏特加。秋虫的歌唱让山谷更显幽静，而黑暗可以消弭一切界限，这个时候，你的头脑和心灵都可以自由伸展。

为什么一样的星星月亮，在郊区就显得如此不同？

城市里满眼都是各种建筑，杂乱无章，好像在视野里打了无数隔断，于是宇宙整体的神圣被切割得七零八碎，为了被看见，月亮还要绕过一栋楼。这就好比我们正在听交响乐演出，手机忽然响了。

和猫头鹰先生对答，正好让我有机会为自己对安静的偏好作些解释。在那些美好的时刻，和周围的美好在一起就足够了。一旦开口，就打断了美好，在自己和存在之间竖起一道墙，于是，体验的世界就变小了。很可能，我们又回到自己头脑中储存的那些问题上。如果我们说的话常常是不重要的，不如多听听宇宙此刻在说什么，一阵风，一场雨，一朵云，或是一群飞鸟……那里面都可能包含着更重要的讯息。

所以，沉默并非是万籁俱寂，只是调低人类的音量。这意味着一种姿态，愿意把自己放到一个合适的位置上，与万物共生共荣。

法国著名精神科医生克里斯托夫·安德烈说：我们错误地以为自己面对坏的影响时拥有强大的力量，不受其控制。恰恰相反，我们很容易被影响，而且往往估计不到影响究竟有多大多深。

嘈杂的环境很少让人感觉舒适，即便是低分贝的人类噪声也让人心烦。最近一次会议中，我的耳膜就承受了来自四周不间断的声波震动，那是一种伴随着会议进程的窃窃私语，各种寒暄、探问和感慨掺杂在一起。基于迫近的社交距离，我必须接收所有的资讯，虽然它们在被我的大脑简单过滤之后就丢进了记忆的垃圾箱，但仍然干扰了我的心绪。我很好奇，那些嘴唇为什么会孜孜不倦地吐露出没有任何意义的言语？我能想到的理由是：他们大概习惯了以会议中的窃窃私语来维持友谊，因为不常见面，遂要抓紧时间完成某种特别的社交。

虽然有些时候直接的指令会更奏效，就像台北故宫志愿者对不停谈话的参观人举出"安静"的牌子。但我还是决定用一种更礼貌的方式提出建议。路德维希·维特根斯坦先生在他1922年出版的《逻辑哲学论》里为人类的语言画出了清晰的边界："对我们无法言说的东西，我们必须保持沉默。"这条严肃的告诫同样适用于社交（包括社交媒体）。沉默可以帮助我们掩盖浅薄和无知，并且可能推动真正深沉的思考和敬畏之心。

而作家茨威格在20世纪初批判的状况，现在几乎蔓延到了全球的每一个角落。他说："在我们今天这样的时代，新的生活方式扼杀了人的各种内在的专心致志，就像一场森林大火把动物驱赶出自己最隐蔽的窝一样。"情况可能正在变得更差，失去和万物和谐相处的能力后，我们似乎正在遭遇真正的森林大火和滔天洪水。而最可悲的事情可能是，我们中的很多人并不像动物一样意识到自身的脆弱和对自然的依赖，反而以为发达的科技可以无限供养人类的贪欲——假若地球不适合生存，那我们去火星好了。

假若你不够自大，在 AI 时代就已经输了。但假若你变得自大，你将输掉自己全部的内心生活。我们和自然并不是平等的，事实上，是人类依赖于自然，而非自然依赖于人类。所以，学会沉默，感受自然的伟大，不光会让我们感知到更多的幸福和宁静，更有可能让我们避免愚蠢的错误和危险的选择。

>对于你最担心的事,
>别以为你有同伴:要知道在这个世界上,你是独自一人。
>
>——梭罗

不肯为自己的命运负责,怎么有资格指责别人

> 没有人能够一直陪伴我们,没有人能够消灭我们的孤单,要解决这个终极问题,还是要靠自己。

爱意味着什么?

这个提问发生在瑜伽哲学课上。

有人说温暖,有人说幸福,有人说甜蜜,有人说责任,而我回答自由。

假若爱不能带来自由,不能让你领会生命的这项最高意义,反而限制或者牺牲了你的自由空间，那么很有可能你所见的并非真正的爱。所有附加了条件或要求回报的，都不是爱，那些不过是以爱之名的交易和控制而已。这其中可能也包含甜蜜和温暖的时刻，或曾经给你提供所需要的保护，但它终将带来痛苦。就像伟大的开悟者克里希那穆提说的："假若我爱你是因为你爱我，那么这只是交易。爱是不要求回报的，甚至不感觉你给予了什么。只有这种爱，才能使你了解自由。"只有两个独立的灵魂之间才可能有爱，不能独立的灵魂只会附着和依赖。

岂止是爱，独立让生命中的一切闪耀出真正的价值。不过，多数人都希冀从关系中找到安全感，所以，他们情愿套上救生圈漂着，假装踩水，也不乐意学习游泳。对他们而言，过多的自由是令人害怕的，因为那必然意味着巨大的责任，对于自己生命的责任。因为害怕作出选择，承担责任，许多灵魂早早就停止了成长，只是蜷缩在一个成年人的身体里，然后抱团取暖。

婴儿离开母体后要剪断脐带，这意味着分娩的完成，是肉身的独立仪式，它宣告一个完整生命的光临。但与此同时，很多成年人仍然保有精神上的脐带，并且情愿携带终生。和某个人或者团体的联结才让他们觉得踏实。植物们落地生根，无中生有，动物们也早早开始独自面对生命中的一切风险和挑战，并不希冀从同伴身上获得永恒的安全感，地球上似乎只有人类担心过多的自由会带来伤害。

许多人认为长大成人带来的最大好处是经济独立,因为这能带来更多的选择,但只有省略"经济"二字,才意味着全然的自由,当然,也意味着完整的责任。不能独立的灵魂往往将生活的不如意归咎于他人,认为自己总是遇人不淑,一再被命运亏待。这样做让他们摆脱了自责,因而心里轻松一些,可是不愿承担责任也就意味着失去了变革的能力,于是他们始终被困在原地。

有段时间,常听妈妈感慨她朋友的遭遇,说婚姻决定女人的命运,一个好女人如果不能遇见心疼她的好男人就会痛苦终生云云。这位女士有良好的生活习惯,家里总是打扫得一尘不染,而且人品也好,心灵手巧、干净利索。她的先生也是知识分子,收入挺高,但就是小气,两个人因为持久的关于家庭琐事的矛盾而影响了感情,几十年来虽共处一室但互不理睬,任何沟通都靠互留字条。

印象中,每次两位老姊妹煲过电话粥,我妈都会感慨:"多好的女人啊,就是命苦……"这话我从 20 岁听到 40 岁,终于有一天,我决定挑战一下她的观点:其实,阿姨的痛苦很大程度上是她自己造成的,她犯了几个明显的错误。首先,当初为什么选择这位先生?大概是看中了他有文化,收入稳定,各方面条件都不错,也是个老实人,单位还有住房。后来先生的一切条件都没有改变,但阿姨的态度却发生了变化,因为她发现这些不错的条件并不能让她过上理想中的生活。但她为纠正自己的误判采取什么行动了吗？如果阿姨真的很痛苦，就不该若无其事地继续生活，而应当尽快离开这个讨厌的男人和不满意的生活，并没有人限制她的自由啊。但是她没有任何行动，只是抱怨。所以，她并不想改变现状，只想用别人的共情和认同缓解不适，别人的鼓励可以给她更多力量，让她继续留在这个没有温度的家里。客观地说，是阿姨的不独立造成了她几十年的痛苦，这才是事情的真相。

我妈愣了一下，继而争辩说现在她身体也不好，血压又高，离开这个家怎么生活呢？

我也不无同情：现在是没什么好办法了，但二三十年前本来还是有希望改变局面的，可惜她缺乏勇气。事到如今，至少可以停止反刍那些痛苦的残渣，趁还能自由行动，多为自己创造快乐吧。

不肯为自己命运负责的人，怎么有资格指责别人呢？ 假若你认为自己对现状和痛苦负有责任，自然就会有为自己做点什么的愿望，而且也相信自己可以做到。这位阿姨完全没有意识到每个人对自己的生命负有的责任，把一切怪罪给别人是容易的，但结果就是对自己生活的无能为力。这是自己的生命啊，怎么能指望别人达成你的愿望呢？为什么不勇敢地发起改变呢？太多人习惯了被禁锢和限制，倘若给他们选择的权利，他

若非此刻，更待何时

们大概也只是希望换一间大点儿的牢房，而不是重获自由。

每个时代都有自己的局限，每一代人都可能在自己的生活中画地为牢。父母那代人的生活中有很多现实障碍，比如住房。新一代女性虽然不再把经济独立当成一个问题，但精神独立之路仍然困难重重。即使完全能够支付自己的生活，很多女性也会在特定年龄开始极度焦虑，害怕在婚姻市场遭到冷遇，而对孤独终老的恐惧往往把她们赶入一段比独自老去更糟糕的关系。但她们似乎并不在乎自己过得好不好，只要和别人差不多，糟糕的日子就不算难堪。看起来高等教育并没有带给她们心灵的自由，反倒是耽误了结婚生子的时间，这个结果着实令人遗憾。

我曾收到听友提问：你们说两个人在一起幸福度日的前提是一个人先要照顾好自己，过上圆满自足的生活。可是，如果我一个人已经生活得很好了，干吗还要找另外一半呢？

一个人生活得已经很美好了，为什么还要找另外一半，这个问题需要你的生活足够美好之后再来提问，不过到了那个时候，恐怕答案早就自然浮现，或者你已经幸福得顾不上提问了。要我说，爱就是原因。懂得爱的人才会遇见爱。你也许单纯地希望有人能分享生命的喜悦，或是共同完成一件很棒的事情……谁知道呢。但是，因为现在生活得不好，所以才要找另一半，这到底是个什么逻辑？

为了解决问题而存在的关系，当问题不存在的时候自然也就没有继续下去的意义了。假若关系中的两个人都没有不可替代性，关系本身必然就很脆弱。也许此时他就是爱你的盛世美颜，拜倒在石榴裙下，甘愿做一切以博美人一笑，但是他能够一直这样做吗？人生无常中本来就包含情深缘浅不得已，更何况，世间万物都处在永恒的变化中，人心和未来殊难预料。

独立，意味着完整，圆满。不因为依赖而需要感情，如此才能得到上乘的感情。而不能独立的人只好忍受有缺陷的爱，大多数时候，那只是交换的另外一个名字而已。爱和交换的最大差别就在于是否怀有期待。爱在付出的当下就充满欢喜，因为付出本身值得庆祝也令人满足，并不期待任何回报。但若是交换，则你的付出早就暗暗标注了价格，一旦对方出价达不到你的预期，不满和怨恨就随之而来。

一个女生写信求助，问我们怎样做才能和分手三个月的男友复合。她说自己收听了一些挽回感情的电台节目，也看了一些挽回感情的文章和公众号，依旧不知道该怎么办。前男友是个上进的人，心思都花在工作上，而之前因为对方没有时间陪她，她就赌气说分手。分分合合的游戏玩了几次，最后，前男友提出自己没有精力再谈这场恋爱了。女生说前男友虽然有很多缺点，但优点也很多，总之，就是想跟他在一起。

若非此刻，更待何时

写信的姑娘可能误以为自己很爱这位前男友，否则为什么不舍得分开呢？但其实，她不能忍受的可能是失去某种情感的联结和羁绊。前男友的存在会让她觉得心安，也让她的小脾气和空闲的时间有地方打发，但这位前男友恰恰不愿充当这样的角色。事实上，很难有人始终乐于充当这样提供无限度陪伴和消遣的角色吧，而且是免费的。男人迫切地想要完成婚姻大事时可能愿意回应女方的各种需求，但他很难保持持续的兴趣。而女性一直想要有人陪，打发无聊时间的需求，往往让自己失去了丰富内心生活的好机会。

没有人能够一直陪伴我们，没有人能够消灭我们的孤单，要解决这个终极问题，还是要靠自己。可惜的是，对于不少女生来说，人生中除了情感就没有其他值得关注的事情了。在她们看来，由男友负责提供生活乐趣简直天经地义。姑娘们太年轻，她们看不出自己乏善可陈的生活存在着巨大空白，而没有哪一份感情能够填补得了这样大的虚空。爱情本来就是个小面团，非要用它来摊一张人生的大饼，捅出窟窿只是迟早的事。

不独立的人面貌相似，因为内心发育不充分，她们的感情也像关东糖，随时准备牢牢地粘住你，并把甜蜜的黏腻叫作爱，这往往让一个需要真正伴侣的成年人退避三舍。

而独立的人可以享受更多好处，并不只是健康的关系。独立的人都有不同的个性，不同的面貌，因而会给人留下极其深刻的印象,散发出耀眼的光芒。由于对这个世界总有独特的观察和见解,他们也往往是新鲜有趣的,与他们交往总让人心生欢喜。

过去一年中,我最开心的会面就是和这样一位女士小酌聊天。她是我的发小,小学毕业后我们就各奔东西。上次的匆匆一面是她赶来参加我的新书分享会,再以后就是去年冬天,我们终于有机会找一间安静的酒吧叙叙旧。她告诉我旅居海外这二十年一直做全职太太,一家人依靠先生做大学教授的薪水生活。因为要支付两个儿子的大学学费,所以他们的生活并不富裕。但她不愿意单纯为了钱而去工作,只偶尔给翻译公司做些校对,换来零花钱供自己短途旅行之用,比如,飞到纽约去参观博物馆。那个晚上,我们聊了很多,她自己生活的故事、道路的选择,以及我们共同认识的故人,还有那些伤痛往事……没有一句陈词滥调,全部都是独特的体验。我看着对面的她,身材挺拔,黑发披肩,眉目清新,整个人神采飞扬,同时散发着不可思议的优雅。你知道她一定在认真对待自己的生命,你知道她会经常运动,也会让自己充分休息,读书和思考也是日常的必需。最重要的是,她会拒绝不喜欢的事项,以保有内心的自由。她对世间万物也仍然怀有巨大的好奇心。一个真正独立的人甚至不需要所谓的经济独立,你一点儿也不为她担心,因为你知道她会把自己照顾好，同时让生活在她周围的人也很自在。你不会以某某的太太或是某某的妈妈来定义她，虽然她确实是一位地道的家庭主妇。没有任何一个头衔或者标签可以定义一个对生命有独特体验的灵魂。

她比我认识的很多光鲜亮丽的人物都更充分地活着，因为了解生命的丰富和深刻，并且只想更好地体验它。当你更深入地投入生活时，自己也就更可能成为这些丰富、复杂、深刻和美好的一部分，你是独立的，于是你与存在更深地融合在一起，而不是固着在另一个生命上。她对两个孩子也有自己的见解：他们在同样的环境长大，但个性完全不同。有什么办法呢，本来就是两个不同的灵魂啊，这就是天性。

所以，精神世界独立的人，也更愿意把别人看作独立的生命体，让他们呈现本来的面貌，不因自己的好恶而横加干预。和一个独立有趣的太太一起生活，我相信她的先生也很快乐。这样的伴侣往往有更多的时间和精力共同体验新鲜有趣的世界，而不是每天研究和对付彼此。显然，这对夫妇在收入上是不平等的，然而他们的人格完全平等。一个有着独特灵魂，在对方的生命中占据独特位置的人并不需要以经济价值来证明自己对于关系的贡献。

朋友告诉我，她也曾经出去上班，但只做了一个来月，实在无法坚持。公司的环境和自己的专业都让她毫无兴致，甚至感到压抑，所以，在先生的支持下，她就此正式退出职场，开始全职太太的恣意生活。"虽然表面上说是为了更好地照顾孩子，其实，这么多年，我也没怎么特别管过他们。"她露出孩子气的笑容。

成全其实是最简单的行为，你甚至无须为对方做什么，只是允许他过上喜欢的生活。但这又往往是最难的，因为对方喜欢的东西不见得你也喜欢。不过唯其如此，才能看出一对伴侣是否真正相爱。

我想起她以前发的微信朋友圈，两个高大挺拔、面孔英俊的儿子把妈妈拥在中间，那是家庭旅行时的留影。允许孩子享有更多自由，以行动而不是管教去影响，这样的妈妈大概让很多中国孩子求之不得吧。因为没有牺牲自己的乐趣去培养孩子，因而也不会给孩子记账。

遗憾的是，很多在伴侣身上得不到情感满足的母亲会把孩子作为爱的焦点，以付出来放贷。他们通常会在"爱"的账簿上一笔一笔列支清楚，如果孩子不符合期待，就把账簿拿出来扔在他眼前，或者干脆大声念出按揭金额。不连本带息偿清，就别想要什么自由。这就是不独立的代际传递了。

精神不独立的母亲也很难养育出独立自尊的孩子。孩子一旦被困在暗暗标价的爱之陷阱里，很可能会认为世间的一切都可用来交换，想得到赞赏，就要常常违背内心。而得不到赞赏，

若非此刻，更待何时

他们就感受不到自己的价值。当他开始为追求别人眼中更好的生活而放弃自己的兴趣时，他就已经对生活有了巨大的误解。最终，他也许发现自己拥有了很多别人羡慕的东西，却一点都不快乐。更大的可能是，他既没有活成别人艳羡的样子，也失去了做自己的能力。一辈子都无法充分深入地体验，只蜻蜓点水式地经历自己的生命，多么可惜。

因为无法独立，不少人需要长年忍受不理想的伴侣，不理想的岗位，不理想的居所……直到独自走入坟墓。不独立的根源是头脑中的恐惧，而独立的起点就是不再假装思考。当你的头脑中不再塞满舶来的观念，而能设身处地为自己的生命考量，独立的行动和随之而来的独立人生才有可能。从这个意义上说，男性的表现并不比女性好多少，只不过他们的不独立隐藏得更深一些。

一个自称来自三线小城市的男生告诉我，他连续两年公务员考试失败，司法考试也一直没能通过，就连中意的女生也约不出来。他又说自己参加活动少限制了交际范围，而且事业没有起色，即使追到了女生，也很难承受婚姻带来的经济压力。最后他抱怨在工作单位感觉压抑，不知道生活的突破口在哪里。我很为他难过。这是一个明明可以独立养活自己，却迟迟没有开始独立生活的男生。一个年轻的头脑，里面却装满了别人希望他相信的陈旧东西，而正是这些杂念败坏了他探索生命的兴致。在他一连串的困惑里居然没有一点独特的个人体验，只充斥着各种成功标志物，这真令人惋惜：事业，感情，谁说生活一定要这样划分和衡量的？谁允许那个拎着油漆桶的人进入我们的生活领地的？难道我们不能使用自己的感官和头脑吗？所有问题难道不是关于如何让自己生活得更快乐一些？有谁可以替代我们去感受吗？

并没有什么需要突破的，障碍只存在于你的头脑里。所有的知识和思考难道只给你指出了一条道路，就是做一枚合规的齿轮，在巨大精密的机器上争取到自己的位置？停止按照别人的地图埋头前进吧，其实只消认真打量公务员和法官的日子，你自然知道考试的胜利并不意味着生活的完满。难道你没看见幸福的门一直洞开着，你要做的只是走向它，然后通过它。把自己当作独立的与众不同的生命个体来对待，尊重自己的感受，照顾好自己的身体，这是解决一切问题的根本密钥。就像蒙田告诉我们的，把今天的生活当作最重要的事去对待。其实，这也是我们仅有的可做之事——不能在今天好好生活的人，有什么资格去期待美好的未来呢？试试扔掉那些锁链，让头脑开始自由运作吧，很有可能，神奇的改变也将随之发生。

> 你知道自己要什么，你知道自己不要什么，
> 并能清楚地、温和地将二者表达出来，而不执着于结果，
> 此时，你就在真正的力量之中。
>
> ——李尔纳

对自己诚实，是了解自己的唯一方法

你配得上更好的，前提是你要对自己诚实，否则老天都没法帮你。我们原本不必为自己的正当要求而感到难为情的。

诚实是瑜伽持戒和内修的一项重要内容。持戒和内修关心的是如何才能做一个自由生活的智者，具体说，就是和别人在一起时，我们怎么使用生命能量，跟自己在一起时，我们怎么使用生命能量，如何更细微地觉知周遭以及深刻地联结自己，这些都关乎我们如何作出选择并且最终成为怎样的人。

04 幸福配方

从小，我们就被教导要诚实，为此还听过各种名人故事，然而极为尴尬的事实是：很多故事，包括《华盛顿和樱桃树》在内，都不是真的。由此可见，坚守真实是多么不容易。

诚实的言行是一切健康关系的基础。在瑜伽修习中，养成诚实品质的主要方法就是练习正语①，这意味着我们要确定自己讲的是真话，否则就不要开口。如果真能保持觉察，严守准则，很多人每天的语言量都会急剧减少吧。因为假若用这个标准去衡量我们的日常交流就会发现，很多话都是缺乏事实依据的，甚至属于无端臆测，得出错误的结论也就在所难免了。说三道四，飞短流长，添枝加叶，在无意识的生活中，这些都是小节问题，甚至被看作烘托某种谈话氛围的必要手法。但是，伤害和痛苦也往往在不经意间发生，而这些麻烦原本是可以避免的。所以，有意识地交流，听到自己说的话，而不仅仅关注其他人的反应，这对于以交流作为日常工作的人至关重要。带着觉知的练习有助于改善糟糕的沟通方式，你甚至可以完全避免有意识地欺骗他人所造成的痛苦和混乱。但是，更大的障碍在于，如果一个人不能对自己完全坦白，他也很难诚实地对待他人，那个让自己逃遁的阴影必然也会在与他人的交流中成为阻碍。

在杭州的灵隐寺里有一面汉白玉影壁，上面镌刻着《般若

---

① 正语，指语言的德行，要说真实语，说符合事实的语言。

若非此刻，更待何时

波罗蜜多·心经》。当年我和猫头鹰先生同游灵隐寺，见很多人站在心经墙前面依照民俗摸字祈福，他们希望借由触摸得到相应的能量——就好像佛法的殊胜是尽可用来支持欲念的。"般若波罗蜜多"的"多"字周围已经被众生之手摩挲得发黑了。格外招人喜欢的字还包括："舍利子"的"利"，"不增不减"的"增"，"不生不灭"的"生"，"无智亦无得"的"得"，"是无上咒"的"上"……这部旨在破除一切幻象的大乘佛法在人间竟然遭遇这种顶礼，本身就足够奇幻了。看来，在万丈红尘中，佛法有时也不得不屈尊沾染上几分人间烟火气。这是中国民间特有的行为艺术，举手投足间芸芸众生向佛祖坦露心迹，也敞开了自己内心最真实的欲望。我觉得有趣，不由问猫头鹰先生，你希望得到哪个字的能量？他想了想，说"智"，"无智亦无得"的"智"。他问我选哪个，我答"明"，"无无明，亦无无明尽"的"明"。"知人者智，自知者明"，现在想想，那个当下，我大概已经发现，了解自己才是实现人生成长的第一要务，只是对于如何着手还没有确定的思路。而现在我已经明了，诚实是了解自己的唯一方法。

要明白我是谁，就需要对自己保持诚实，特别是坦白承认自己的欲望，没有虚伪，没有矫饰。真实很少是简便易行的，也没有快捷之路，在此之前，我们需要不断拆除头脑中的障碍，

04 幸福配方

把那些基于外在成就的评价和判断通通扔进垃圾桶，包括自己身上的这套戏服。我们都在社会人群中生活，扮演着特定的角色，外部环境会赋予这个角色一定的内涵、理想标准，以及期待，但我们要不要将自己认同于这种期待？这是走向真实的关键一步。

以友谊为例，在社会范式下，理想中的情况是，我们应该为好朋友送上衷心的祝福，并为他们的幸福而感到喜悦。但在现实中，我们往往发现，好朋友的成功可能招致自己的羡慕，乃至嫉妒，特别是当自己境遇不佳的时候。这时候，我们要不要坦率地面对这种不够美好的情绪，并且向自己全盘承认呢？好朋友的幸福虽然不会剥夺我们的福祉，但确实也不能改善我们的境遇，特别是还让我们本已脆弱的神经雪上加霜。

一位姑娘就因为发现自己面对朋友的幸福却没办法发自内心地祝福而向我们提问，她说非常害怕朋友在婚礼上发现自己并非真心祝福他们。在信中，她认真地剖析自己：

也许是因为我现在不幸福，也许是因为我朋友在这一年的时间里找到了相爱的丈夫，找到比我工资高的工作，明明在一年前她遇到的还都是烂桃花，还没工作。于是，我心态不正常了。我该怎么调整心态呢？其实我也有一份不错的工作，只是不是我想做的工作，也有一个很爱我的男朋友，只是已经持续

若非此刻，更待何时

两年异国恋了，也不知道什么时候是个头。感觉朋友也找到了人生的目标，再看看自己，马上就二十七岁了，还是混混沌沌过日子。救救我吧。

真诚的人往往都特别可爱。想想我们自己，难道每一次面对朋友的升职、结婚、乔迁、得子这些所谓的人生喜事，都是心无挂碍地真诚道贺吗？更不要说在微信朋友圈送出的日常点赞和评论了。我常想，假若恪守"正语"规则，恐怕微信朋友圈的评论多数都要消失。但是，因为朋友的好消息触发内心隐痛，而使得我们的祝福不那么真挚单纯，这是否就是一种罪过呢？毕竟你只是有些失落，并没有采取任何不道德的行动。而某些恶毒的人总是有超强的行动力，当好人在为自己的念头而遭受良心谴责的时候，坏人已经开始暗中破坏别人的幸福了——要知道，他们从来不会为自己的恶行作任何忏悔。

或许我们应该允许念头出现，并和它保持距离，冷静观察，既不必动手去剪除它，也不要让它过多影响我们的行为，与此同时，探究这种念头产生的根源。我们要做的不是消灭或者回避自己的不完美，而是在探究的过程中推动自己的成长，迎接生活的变化。

对自己保持诚实是比不欺骗别人更困难的任务，关键就在于我们是不是能足够自我接纳，特别是不对自己作道德评判。

跟随着内心深处的情绪和欲望,我们才有机会真正深入地了解我是谁,以及我们在哪里没有得到满足,最终去促进自己生活的平衡。

不过,即使我们很清楚真实对于自己的意义,也可能缺乏勇气表现出来。所以,我才认为这位写信的姑娘是非常勇敢和通透的。要知道,很多人在写给我们的信中都有对事实的明显掩盖,或者对内心想法的仔细修饰,即便希望得到我们的建议,也知道解答是完全匿名的,却依然不敢承认自己的真实欲望。由此可见,太多人在日常生活中已经习惯了戴在心灵上的面具,最大的心理障碍在于,他们无法接受自己是这样的人,怀有这样的想法。

假若不承认自己的祝福并非出于真心,也就不会审视自己生活中的缺憾,进而意识到内心的不满足和真正的渴望,如此,就可能错过创造改变的机会。

对于来信的姑娘来说,友谊中的两个人本来势均力敌,甚至,她还是姊妹淘中比较有优越感的那一个。然而短短一年间,闺蜜好像中了六合彩,从一个被烂桃花包围的待业单身女孩摇身一变,成了高收入的幸福准新娘。落后的朋友弯道超车,跃居领先位置,友谊的平衡被打破,原先自信的那一个该如何自处呢?其实这是一个常见的问题,不少人只愿意和各方面条件都不如自己的人交朋友,这可能意味着他们的自尊总在提醒:

别人比自己强，就代表自己不够好。

甚至社会心理学的调查结果也间接支持了这种想法的正当性。英国心理学家认为，富有与金钱并非是一个人幸福的最重要因素或唯一条件，因为有时候穷人比富人更感到幸福和开心。这种开心和幸福的基础就在于，你是否会巧妙地攀比。

这项调查源于英国一个出名的系列剧：《保住面子》。这部剧讲述一个中产家庭的主妇巴凯特总是喜欢观察邻居有什么收获，每每观察到邻居财富增多或者社会地位提高，她就感觉非常不爽。而一到穷邻居面前，她又表现出强烈的优越感，显得非常幸福。这种表现后来被称为"海辛斯·巴凯特现象"。英国《独立报》还专门对这一现象作了调查，研究人员对一些受访者作了为期七年的随访，每个人至少访问两次，要求对方说出对幸福的感受。而幸福感分为七个等级，第一级幸福感最低，第七级幸福感最高。最有意思的是，那些幸福感为一级的人有一个共同点，他们的收入和生活方式都比不过邻居。由于处处不如人，所以产生极大的失落感，心情郁闷，哪里还有幸福可言？调查结果指出，我们的幸福与我们邻居的富裕程度成反比，如果你被富裕的邻居包围着，就会感觉不幸福。相反，如果你与贫穷的邻居住在一起，你就会感到幸福。换言之，幸福与否可能是一种相对感觉。

研究人员还就此开出了一张简易而有效的药方：与比自己

更穷的人住在一起或与穷人相比较就会产生幸福感。同时，应当注意和富人保持距离，因为一个人无论如何富有都有可能被更富有的人比下去，而且今天富有并不意味着永远富有。

这张"药方"中包含了典型的英式幽默，我并不认为心理学家真的会建议"孟母三迁"，只为与穷人为邻。他们的建议其实显示了对于个人奋斗的谨慎乐观及对命运的深刻敬畏。

真正的幸福应该来自不再盲目与他人比较：每个人的生命都如此不同，先得到不代表会一直幸福。说到底，幸福的感受是极其私人化的，也没有领先与否的测评标准。每个人都可能在某个人生阶段收获属于自己的成功，也极有可能在下一个路口与挑战不期而遇，这就是生命的功课。把一些特定节点看作至关重要的赛点，意味着我们把自己独特的人生看成与他人的比赛，而这只会白白浪费我们的时间和精力。因为比赛是不存在的，竞争的幻象往往源于我们对于人生命运的肤浅认识。因此，我们需要时时回到自己的内心，如此才不会忽略真正的需要。

对于写信的这位诚实的姑娘来说，现阶段的她大概认为有了高薪工作和白马王子就意味着万事大吉。这当然不是真相，命运的肌理也从不会如此简单。不过，这些艳羡甚至嫉妒的背后到底投射出了我们怎样的内心渴望？我们能不能以建设性方法来进行情绪的转化和自我救赎呢？我们不一定需要同样的东西，但是我们应该去主动寻找能够带给我们同样美好感受的东西，那些能够唤起我们生命热情的东西。

进行这样的探索，正是诚实对待自己的奖励，因为内在的转化必然随之发生，这可能意味着放弃不健康的人际关系或者不喜欢的工作，也可能意味着我们的决定得不到周遭人的支持，但这更加意味着我们即将走上真正属于自己的道路，我们会看到独特的风景，感受成长的喜悦，过上心安理得的日子。

我认识一位非常可爱的女士，她经历过失败的婚姻，在独身多年后期待能够有一个白头偕老的伴侣。其实她一个人的日子过得有声有色，工作和生活能力足够强大，孩子也安排得非常妥帖。她还交往了一个男朋友，只是感情生活并不如意。于是，她告诉我，其实一个人的生活更好，她很享受这种自由。这和我看到的事实出入很大，于是，我忍不住严肃地问：你到底是觉得这个男人不理想，还是觉得全天下男人都不理想？或许你觉得自己一时间找不到更好的，或者你觉得自己被他人亏待，但这都不等于你只想一个人生活。你只是气不过，像这样一个男人凭什么这么对我，对吗？如果不是对于婚姻有所期待，你只要去满足简单的欲望就可以了，何必要花费这么多精力将就他呢？他的所谓优势，不就是可能成为婚姻伴侣吗？为什么不面对内心的渴望呢？我猜你是想要二人世界的，只是现在的关系不是你理想中的样子。**不要假装无所谓。你配得上更好的，前提是你要对自己诚实，否则老天都没法帮你。**

她并没有被我的质问激怒，反而大方承认我说的是对的。

一个坚强了这么多年的女性，大概很难表现出自己的软弱。对此，我相当理解。铠甲穿得久了，难免忘记"当窗理云鬓，对镜贴花黄"也是自己的权利。更有可能的是，女性独立已经被异化成"没有男人我也可以生活得很好"——这明明是对女性的另外一种束缚和压迫。你会对自己家里的冰箱表达这种蔑视吗？大声宣布：没有冰箱我也可以生活得很好。或许这是事实，但我们是否有必要去刻意制造艰苦条件以证明自己的坚不可摧呢？男人有欲望是雄心勃勃，而女性坦率表达自己的需求则常被认为是不够优雅矜持的。现在很多家庭都有不止一个卫生间，这些陈腐观念居然还没有被扔进抽水马桶冲走吗？作为单身女性，坦承希望有一个伴侣，一起体验更好的生活，这到底有什么问题？能够诚实面对自己欲望的人难道不是更强大吗？假若你就是需要一纸婚约，不妨直接开口问他的想法。生命那么宝贵，我们浪费了太多时间在不好玩的游戏上，同时把那么多好玩的项目丢在了一边，这是非常不明智的。早在古罗马时代，伟大的哲人西塞罗就说过，坦白是使人心地轻松的妙药。

我身边有个极好的榜样，它从不试图隐藏自己的任何想法，

若非此刻，更待何时

无论好恶都会坦率表达出来，它就是千菊丸君。

有段时间，我专门购买了遛狗服务，每天两次，有专人上门和我一起陪千菊丸散步。早晨遛狗的那个身材高大皮肤黝黑的小伙子深得千菊丸的欢心，每次见面，丸丸都要欢天喜地地扑上去和他嬉闹一阵，才开始散步。下午来的人员不太固定，虽然每个年轻人都很耐心负责，但是个性明显不同。丸丸和我都不喜欢太黏腻的人，而下午负责遛狗的矮个小伙子偏偏就是这种温柔殷勤的性格，话多得让人心烦。连续两天都是他上门，我不由犯嘀咕，第三天假若还是他值班怎么办？怎样才能委婉地推辞掉他的服务呢？人家也没犯什么错，只是我不太喜欢这种风格，这可以作为理由吗？第三天下午，我带丸丸出来，果然还是他等在门口。我在心底默默地叹了口气，准备经受45分钟的煎熬。结果一见是他，丸丸只在门口方便了一下，就转身折返，并且头也不回地领我来到门口，站在车旁，坚决要求上车出去。我不好意思地和那个木然站在原地的男生挥挥手，开车带丸丸去游车河了，心里却是一阵大大的轻松。问题解决了，那个小伙子不用来了，因为丸丸拒绝和他一起散步。

没想到我的棘手问题，在丸丸看来竟然如此简单：不喜欢的人，直接和他们说再见就是了，有什么好犹豫的呢？礼貌并不代表我们总要让自己不舒服啊。我们就是不喜欢他，这虽然不是他的错，但也并不是我们的错啊。我们原本不必为自己的

· 224 ·

正当要求而感到难为情的。

丸丸常常带给我各种启发，它明确地知道自己要什么，不要什么，毫不纠结。它的重要性排序从不混乱，而且绝对遵从内心。假若我们能够向狗狗学习，把生命简化为无数的这一刻，大概就很容易作出判断。可惜，在我们的头脑里，时间线总是混乱的，我们误以为把自己此时的小小渴望进行抵押，或者假装成一个没有任何不良欲望的高贵淑女，就可以换来未来的某种幸福。比如当我们表达希望世界和平的愿望之后，是否就真有可能成为一个对世界是否和平产生影响的人物？不，世界真的不是那样运作的。

当我们对自己诚实，也对别人诚实时，我们多半会收到一个诚实的答案。哪怕并不是我们期待中的那个结果，也比等不到答案而不停猜想要有益得多。真实很少是方便容易的，但作为通往个人成长和幸福的交通工具，真实比一切智谋更好。

> 你的手掌张开，又握起，再张开，再握起。
> 若你总是紧握拳头或总是用力撑开手掌，你将感到麻木。
> 你最深刻的存在，应是在那每次微妙的收合与伸展之间，
> 开与合应是完美的平衡与协调，宛若鸟儿的羽翼。

—— 鲁米

保有恰如其分的自尊，时间会带来不可思议的变化

见到自尊缺乏的人总是让人非常遗憾，他们看不到自己的优点，一贯蔑视自己的成就，对于自己的认识相当模糊，甚至前后矛盾。

今年春天，我收到一位中年男士的来信，他的提问给我留下了深刻印象。他说：

很喜欢你们的节目，可以让人感受到温暖。自我介绍下，我是四十岁的男人，结婚近十年，孩子六岁。一线城市的国企

普通员工,性格敏感细腻,无论对工作还是家庭,虽然努力,但感觉很吃力,也得不到认可。工作没有起色,过于注重细节。家庭不够和谐,和她步调不一致。我内心很要强,希望得到别人的认可,也一直努力着,但感觉好难。

昨天我失眠了,近期身体也不好,更加敏感了。升职也没有我,因为失眠,早上四五点就醒了,感觉生活陷入了泥潭,无法自拔,也无人理解。道理好像都懂,但精神上却一阵一阵的,时而觉得自己强大,时而觉得自己渺小,好像快要憋死的感觉。真想得一场大病,就放下了,不然别人,包括我自己对我的评价都是负面的。求解惑。

一个活在泡泡里的中年人,拼命挣扎,想要获得认可却一再失败,终于身心俱疲,濒临崩溃。这个故事可以发生在任何时代,辛苦的中年人被无情的现实碾压,毫无还手之力。但是,等一等,这可是发生在2020年5月的故事,一个健康的,在经历一波新冠疫情之后依然健康的中年人,而且他的家人显然也都非常健康,这难道不是某种幸运吗?他居然在祈求一场大病的到来?这是多么不爱惜自己,不尊重造化啊。你是独一无二的,但你却嫌弃自己,因为无法达成某个很多人都能做到的目标,为此甚至想要自我毁灭——你甚至都没有完成此生的进化任务,得到独一无二的体验。

若非此刻，更待何时

我早就发现，很多苦苦哀求幸运之神光顾的人其实并不在意幸运，他们在意的只是自己的计划。就像那个买了珍珠，却只留下盒子的郑国人，这位男士也正试图把珍珠退还给老天。面对不识货的主顾，慷慨的造物主会不会感到困惑，不解之余，他还会拿出真正有价值的东西吗？即使造物主乐于再次馈赠珍宝，又怎么能确保你不再度买椟还珠呢？

其实，为自己的生活设定目标也算是一种合理的方式，但假若你过于执着目标则意味着某种危险。因为执着会让你忽略其他可能的结果、适合的结果，甚至更好的结果。人到中年，在生活中感受到重压是种常态，但日子本身已经相当艰难，怎么还忍心给自己不停加压呢？这就像骆驼在和稻草合谋把自己压垮，以此来证明自己的价值，荒诞吗？仔细想想，获得认可会让这个中年人心满意足吗？其实，他需要的是温暖和被看到、被理解，但他误以为得到他人的认可就意味着这些。

你值得被爱、被尊重吗？能不能在感觉累的时候停下来休息一下？假若这些简单的问题都不能立刻给出肯定的答案，人生就太令人心酸了。其实，所有的艰难感受都源于用力过度，一旦停止努力，即刻就会轻松。然而停止这个选项在很多人的头脑中是不存在的，即使努力无果，他们依然会厉声反驳：生而为人，怎么能不努力？

可是，生而为人，在找到正确的方向之前，我们当然不必盲目努力。假若你的努力总是带来灾难性的后果，不努力就是最大的善举。"积跬步以至千里"，近年来日渐频仍的极端天气、冰川融化、森林大火、野生动物栖息地大面积消失、物种灭绝加速等等，不就是人类长期不懈努力累积的结果吗？大自然已经对人类的作为作出了回应。而你周围的环境也在对你的努力作出回应。当你感觉不好时，停下来，就是对自己和别人的爱。

假若你不是一直强迫自己努力奋斗，而是好好联结内心的感受，看看自己真正需要的是什么，可能就会选择另外一条道路。一旦选择了对的、适合的，自然就会舍弃那些不适合的，就像一个努力寻求真相的人，不会同时在幻象中梦游。每个人都有一条唯一正确的道路，这条路也许并不是笔直的，但走上属于自己的道路，向前走就没有那么艰难。对的路不会让你宁可生一场大病也不要继续前进。显然，关键的问题在于找到对的路，而不是不问东西地拼命驱赶自己向前。

我曾看到拼尽全力拉货的骡子，因为道路泥泞，又是上坡，力有不逮，而赶车的把式拼命用鞭子抽打，好让它们继续努力，用尽最后一点力气。这个画面看起来是非常让人难过的。但与此同时，很多现代人正在对自己做着同样的事。冷酷地对待自己，不停压榨。努力迫使某个结果发生，认为顽强的意志力可以解决一切问题，这真是自大而愚蠢。过度努力只会让情绪参与到创造的过程中，从而制造更多的麻烦，以至于阻碍真正的进展。何况，灵感是从来不与强迫和努力为伍的。对一个敏感细腻的灵魂而言，简单粗暴的方式恰恰会葬送你生命中最有价值的东西。你试过用手努力拨开一朵玫瑰花吗？这种干预会迎来真正的绽放吗？允许包括自己在内的一切生命按照本来的速度进展，而你悠然享受故事展开的过程，难道不是更容易也更快乐的事吗？

可惜，这个时代的标准非常单一，大家都在忙于审视别人和自己，并用同一把标尺来衡量，我们够成功了吗？更接近财务自由了吗？这样做的愚蠢之处在于，大家无视了一个基本事实：我们每个人确实被规定了时间，从出生到死亡，但每个人拿到的规定时长大相径庭，而这个数据，对活着的人来说都是秘密，这是唯一且绝对的时间表。老天不预先告知每个人生命的长度，或许也是一种智慧的考量：给你自由发挥的余地，看你如何在有限的时间中创造出无限的体验——这不正是个人才华的最高展现吗？

我其实很想问问写信的男士：难道你不认为活着是一个了不起的成就吗？你的整个身体，呼吸系统、循环系统、消化系统并不需要你的任何努力和指令，都在各自的岗位上日夜不停地工作，没有任何懈怠，也没有任何差错，并不需要你过多地关注和计划，这难道不是一个奇迹？而你的头脑居然在贬损它们，认为只有在单位升职或者在家庭中得到太太的肯定才有意义。你为各个器官腺体的运作而努力了吗？没有。这能说明它们的劳动没有价值吗？它们的工作是支撑你生命存在的根基啊！但你有没有向它们表达尊重呢？它们是不是因为备受冷落而企图罢工呢？一个精微复杂又健康协作的机体难道不值得你的尊重和赞美吗？学会看到真正有价值的事物并且由衷地赞美是体验温暖的第一要务。当批评别人没有看到我们努力的时候，我们是否也忽略了那些我们无须努力就享有的无价之宝呢？如果不把我们正在享受的一切看作理所当然，自然就会意识到生命的价值、自己的价值。

如我们所知，英文中的"现在"和"礼物"是同一个词：Present。所以，Present is a present. 现在就是一份礼物。你喜欢这份礼物吗？你用它来做什么了？无论做些什么令你快乐的事情，总是好过不停抱怨。如果你一再轻视"现在"，可能真的会失去这份礼物。在这方面，我们或许可以向狗狗学习，它们忠诚、无私、真诚、快乐，而且永远处于当下，既不会背负过去的包袱，也不担忧未来。但同时，它们永远保持警觉。

几乎所有的动物都是活在当下的，因而在面对痛苦和挑战的时候，它们总是显得比人类更智慧。而人类通过各种禅修无非是想达到那个境界，所以我们不妨真心向这些灵性导师学习，面对困境时，想象并不是事件发生在我们身上，而是我们出现在事件中。而一个人遇上特殊的事件，是因为他需要这些事件来完整地实现自身的潜能，没有故事会平白无故地发生。假如我们能随时回到自己的内心，就会发现，一切奇迹都源自那里。

假若你不过于冷漠挑剔，就能发现很多平凡而闪亮的小小奇迹，并且像我一样被它们打动——这些小小的奇迹实在非常甜美，我刚刚品尝过其中的一个。前不久的晚上，我从瑜伽馆转场去健身中心游泳，当时饥肠辘辘，又没带点心充饥。正在懊恼之际，我打开更衣柜，发现塑胶袋里居然躺着一根熟透了的香蕉——这根表皮上的斑点已经开始发黑的香蕉尝起来却是香甜软糯，它彻底成熟，但尚未腐烂，一切都是刚刚好。我记起它的来历：一周前来游泳时，服务生递给我一瓶矿泉水和一根香蕉，我当时不饿，就随手把香蕉收进塑胶袋。离开健身房时，一向粗心的我只把袋子锁进了储物柜，却忘记拿出香蕉。一周未见，它不但没有坏掉，反而更香甜了。所以，老天原是充满了善意啊，他用手指轻轻一点，就让疏忽成为礼物。七个日夜，刚好够一根稍有青涩的香蕉慢慢成熟，然后静候这个饥肠辘辘的粗心人光临。这是满心欢喜的重逢，现在，除了提供必要的碳水化合物，它还成为一个奇妙的启示：时间会带来不可思议的变化，能量的转化随时都在发生，所有的安排自有深意，但需假以时日才能理解。

只要你愿意睁开眼睛，就会发现启示无处不在。想象自己在大海里游泳，上涨的潮水忽然涌来，一时间周围都是逆流，而你发现自己筋疲力尽，并且好像离岸边更远了。此时要拼命游回岸边吗？有经验的人会告诉你这绝对不是一个好办法，而且可能危及生命。不如暂时随波逐流，保持自己漂浮在水面上就好，等潮汐回转到合适的方向再游回岸边，顺应潮流，不过度抵抗，才能保存生命力。在命运面前，臣服不过是简单的常识。无论现实朝什么方向推送，也无论我们高兴还是忧愁，清醒地知道一切只是过程，是未来展开全新面貌前的阶段性进程，这对我们至关重要。每个人一生都会面临非常艰难的部分，或许当下的现实考验还难以超越，甚至让人无计可施，那么，我们能不能就此开始拥抱改变？让该来的来吧，毕竟个人意志和计划无法改变潮汐，懂得顺势而为，学会信任老天，才有可能在逆境中获得净化和新生。

说到底，每个人都需要找到适合自己的生存方式，而不是把自己镶嵌在特定的模式中，敏感细腻的人就更是如此。假若你认为削足适履的人是个疯狂的蠢货，就不应该对自己犯同样的罪行。没有哪双鞋高贵到值得你用伤害自己的方式穿上它。

好吧，我已经讲了挺多过火的话，无非希望能让那位四十岁的先生及和他有着相似处境的人觉醒，停止伤害自己。但我想，即使这些语言真的能够刺痛他们，最终也可能收效甚微，因为问题出在难以评估的隐秘自尊上。见到自尊缺乏的人总是让人非常遗憾，他们看不到自己的优点，一贯蔑视自己的成就，对于自己的认识相当模糊，甚至前后矛盾。他们可能非常友善周到，耐心十足，可惜总是花太多时间察言观色，又在无关痛痒的问题上纠结不清。

罗马不是一天建成的，良好的自尊当然也不是。正如这位四十岁的先生在信中所说："道理好像都懂，但精神上却一阵一阵的，时而觉得自己强大，时而觉得自己渺小。"他可能前一分钟觉得自己非常厉害，后一分钟又觉得自己一无是处，因为较低自尊的人往往会根据周围的人或者说话的对象来改变他们对自己的看法。他们总是试图取悦别人，而不是明确地表达自己的观点。在他们看来，谨慎小心永远是更紧要的，至于个人观点，可以根据需要而修改甚至隐藏，因为良好的社会评价以及别人的赞许和认同才是他们追求的目标。

有时候这样的朋友会令你非常恼火，因为你永远别想从他们口中听到一个客观和鲜明的评价。他们总是根据谈话对象选择措辞，当你想了解他们对于生活中某事的看法时，却发现他们习惯于见风使舵，不愿意和你意见相左，哪怕你是非常认真和坦诚地希望和他们探讨问题。最荒诞的是，有时候你会发现你的朋友竟然在模仿你，甚至盗用你的语言。当我从一个朋友的口中听到我自己不久前说过的话，而她竟然把这句话作为自己的观点重新说给我听，只字不差，你能想象我的惊讶程度吗？幸亏是在微信里而不是当面交流，否则我眼神中的惊慌失措一定暴露无遗。我真担心她的健康，怕她因为压力过大导致出现精神症状。幸亏精神科医生朋友告诉我这不是什么大问题，模仿她所羡慕或者崇拜的人会让她感觉好一点，只是她一时忘记了说话对象，或许她最近过得有点混乱，仅此而已。

不难想象，较低自尊的人更容易受别人影响，他们总是倾向于让周围的人干预自己的选择，尤其当他们面临人生中的重要决定时。他们不敢坚持自己的道路，因而往往选择安全的随大流之路，于是他们会毫无悬念地获得一份无聊的工作，一段差劲的伴侣关系，而所有这些最终都会成为他们不情不愿却又不得不履行的义务。放弃和改变对于他们是不可想象的，日久天长，所有这些既乏味又痛苦的选择让他们看起来就像是十足的受虐狂。因为害怕改变招致争议和失败，所以他们会选择继续维持原状，直到生命终结，除非内在的转化发生。

众所周知，自尊的养成与我们在孩提时代的经历息息相关，这通常取决于我们是否拥有一对无条件接纳我们的双亲，我们曾经受到家庭怎样的情感滋养。但即便如此，自尊感较低的成年人，对于改善自己的处境也并非完全无事可做。对这些人来说，有两个练习可能会有帮助，一个是在听到负面意见的时候仍然关注自己的优点，还有就是无论遇到什么困难都尊重自己，

若非此刻，更待何时

听从自己内心的需要和欲望。如果做完这两个练习还有余力的话，你不妨积极行动起来，做自己擅长的事情，不必征求别人的意见，也不用期待别人的好评，只是单纯去投入到所有让自己感觉更好的事情中，重复去做就是了。如果现在还没有这样的事情，那就花时间用来寻找一件。

人各有所长，强迫自己在不擅长的领域内出类拔萃不是明智的行为。而这个世界上绝大多数人都很普通，生活也难言顺利，你难道不想做一件了不起的事情——去体验做一个普通的人的幸福和快乐吗？这才是有益大众福祉的善行啊。每个人的先天条件不同，不能在跑道上领先不是什么丢脸的事，但不好好体验人生就是你的疏失了，因为对于体验，每个人都有相同的机会。

过有意思而非有成就的日子，让自己感觉好一点，这在所有的意义上都是莫大的善行。

> 只有智者视人生如节目。
>
> ——爱默生

保持清醒，越清醒越幸福

只要幻象不再，真相自会浮现，所以，多数人需要的不是建议，而是从梦境中醒来。

保持清醒是极其困难之事，虽然它的重要性和困难程度一样高。这也是为什么我把它放在了本书的最后一部分。

在瑜伽练习中最困难的大概就是在休息术中保持清醒了，你需要放松，但不能睡着。在这方面我有惨痛的经历，当老师以温和的口令引导我们去放松和感受身体的各个部分时，我在

若非此刻，更待何时

放松到腰部的时候失去了意识，然后又在口令到达左腿的膝盖处时醒来。睡着的不止我一个，还有同学发出了轻微的鼾声，当然也许我听到的是自己的鼾声。这实在是一次令人尴尬的经历，虽然整个休息过程中我相当自在。保持意识的清醒，是为了让我们在清醒状态下体会身体放松的感觉，否则就像被注射了麻醉品——只有失去知觉才能完全放松，这岂不是很可怕？而且，这也会反过来证明在每一个清醒的时刻，我们都没办法做到真正放松。

人们经常低估休息的重要性。事实上，大多数人平时都睡眠不足，还经常试图通过喝含有咖啡因的饮料来提神。咖啡除了容易影响夜间睡眠质量，让睡眠问题成为恶性循环，还有可能让我们在白天的时候保持一种假的清醒，也就是低质量的头脑运作方式。我们只是没有睡着，但这并不代表我们头脑清醒。这是一个咖啡爱好者和瑜伽爱好者在我的头脑中进行终极博弈之后创造出的结论。我的意思是，尽量不要用咖啡来提神，因为它可能无法让你保持高质量的清醒，而清醒对于我们的幸福至关重要。

"越清醒越幸福"是我在广播节目中倡导的理念，我和搭档一直在做我们认为最有价值之事，就是尽力破除提问者头脑中的幻象。只要幻象不再，真相自会浮现，所以，多数人需要的不是建议，而是从梦境中醒来。只要睁开眼睛，好好打量这个世界，每个人都可以毫不费力地作出选择。

大家经常在作决定时忘记一个基本事实：人的生命是极其短暂的，我们的每一秒都比上一秒离死亡更近了一些。在与无常迎头相对之前，很多人都误以为自己是永生的，或者至少能活到八九十岁。

另外一个广泛存在的巨大幻觉就是：我们认为自己可以掌控命运。计划、目标、沮丧、挫败和绝望无非是虚假掌控感的副产品。

而清醒意味着能够清楚地看到并且接纳两个事实：第一，我们是一定会死的，并且不知道死亡什么时候到来；第二，我们并不是命运的主宰。有了这两个前提，才能冷静而理性地开始探讨问题。

我曾经去医院探望病重的朋友，病榻上的她看着我们，急切地说不想在医院里走向死亡，想买张机票或者登上游轮，去她一直向往而没能前往的旅行目的地。说话的时候，眼睛里跳动着焦灼的光，但彼时腹水严重的她已经没有这样的机会了。她想知道自己还有多少时间以为身后之事做些安排，我能感到她非常希望和别人谈论这个问题，关于如何迎接死亡，以及在屈指可数的时间里怎样度日才最有价值。没有人有能力和勇气展开这个话题。我虽然也不擅长这个领域的谈话，但不想无视明显的事实——死亡此时就像一头大象站在房间里,留给我们转圜的空间已经非常狭小。老母亲立在床边手足无措,只用空洞的眼神向我们求援。但同去的朋友以表情示意拦住我,他一再转移话题,告诉绝境中的她安心养病,别胡思乱想,要积极配合治疗。我感到非常遗憾,她如何能安心?当所有人都不和她讨论她最关心之事。死亡在我们的文化中仍然是个巨大禁忌——但这是我们生命中唯一确定之事啊!每一天,每小时,每分钟,每一次呼吸之间,我们的生命都正在流逝。假若不能清醒地觉察到这个事实并把这种觉知带到生活中去,我们就很可能会把生命零敲碎打地浪费在毫无意义的事情上。

当你意识到自己的生命必然消逝,而且这种消逝不会按照你的计划发生,你才会真正停止梦游,并且下决心不让生命变成一场徒劳的苦役。否则,就像此时正在发生的,很多人会继续为自己头脑中的剧本以及剧中的未来而服着苦役。

那位病重的朋友在一个月之后宣告不治,在凛冽的寒冬。病情凶猛,结果并不令人意外,但整件事情却是极大的意外。她正值盛年,而且一贯重视健康,从病发到往生,不过两个月而已。她曾经认真规划过自己的人生,但是她对其中的很多都不甚满意。她认为自己的生活漏洞百出,一无是处。她曾经遇人不淑,也害怕孤独终老。她所担心的事情终于没有发生,然而,这却不是一个好消息。我想起她过往的很多纠结,关于感情，关于工作，关于遥远的未来，希望在她离开前全部放下了，并且发自内心地感觉到生命的美好。就像索甲仁波切所说：当你开始为死亡做准备，很快就会发现你必须深入检视自己的人生——就在当下——并面对你的自我的真相。死亡像一面镜子，反映出生命的真正意义。

实在不必过早规划养老方案。一位十年前在饭桌上兴致勃勃地宣称他并不指望孩子养老，只想在海滨找个高级社区安度晚年的先生，已在三年前匆匆谢世，而他的儿子尚未长大成人。所有的忧虑和期待都不是生命的真相，而只是我们头脑中的故事，有时它们以类似电影放映的方式出现，看起来就像是真的。但那还是梦境，无论是美梦还是噩梦，梦境终究是靠不住的。

梭罗说，直到死亡降临，我们才如梦初醒。所以，他选择了用另外一种方式活着，那就是清醒。"我进入森林，因为我想要清醒地活着，只面对生命的真正面貌，看看自己能否学习到它要教导我的东西。若不能，那我临终时将发现，自己根本没有活过。"

1845年，美国人梭罗在家乡的瓦尔登湖畔搭建了一间小木屋并独自生活了两年。两年后，梭罗搬离了瓦尔登湖，留下了《瓦尔登湖》。梭罗只活了四十四岁，但是他用尽可能自由的方式创造了他的生活，这种伟大的勇气和智慧来自清醒。因为心灵和头脑完全得到了解放，他才能够从有限的生命中体验到永恒和无限，就像自然本身。事实上，梭罗自己也说过，他到瓦尔登湖畔，不是为了过便宜日子，也不是为了过昂贵生活，是为了在最少的障碍下处理一些个人事务。我不知道他哥哥约翰的过早离世是否让他更加坚信人应该更加充分和完整地生活，而不是像大多数人那样让人为的烦恼和粗重的劳作充斥日常，日复一日地辛苦。他发问：这难道不是一种错误的劳作吗？人们除了当一台机器，再无时间顾及其他。

我很早就听说过《瓦尔登湖》，并且购买了不同版本，但直到近两年真正读过之后，才发现，很多人对这本书充满了巨大的误解，包括我们经常能够读到的所谓阅读推荐。梭罗哪里是在自然的安谧中寻求一种更诗意的生活？他明明是在摧毁普遍存在于人们头脑中的幻象。他试图让更多的人看到生命的真相，然后将自己从无意义、非必要的忙碌中解脱出来。所以，《瓦尔登湖》根本不是什么田园牧歌，而是梭罗在以亲身经历诠释《金刚经》，传递了在现象世界中得到解脱的不二法门：不着相。① "一切有为法，如梦幻泡影，如露亦如电，应作如是观。"若以一句话来概括，这就是《瓦尔登湖》的道理吧。

还有一种说法：梭罗因为反对奴隶制度所以要隐居瓦尔登

---

① 着相，是个佛教术语，意思是执着于外相、虚相或个体意识而偏离了本质。不着相，亦即不执着于头脑中的概念、感知，摆脱惯性思维。

湖。提供这种解释的人，显然想让梭罗的行为显得更"高尚"一些，在他们眼中，一定要有某些道德上的意义，才足以证明《瓦尔登湖》的伟大。这样的说辞恰恰暴露了自己的浅薄——难道在您的眼中，梭罗提议的"让我们像大自然那样从容不迫地过上一天"的日子竟然是无病呻吟吗？您知道有神圣的悠闲这回事吗？您知道两百多年以前的华兹华斯就曾经感慨"这世界太沉重，赚取与花费，徒然耗费太多精力"吗？这种一本正经的自以为是，不正是梭罗在《瓦尔登湖》中一再嘲弄的那些勉力前行、毫无自由可言的生活方式吗？

在梭罗的眼中，世间为了欲望而过度忙碌着的众生无人不是奴隶，同时，每个人又充当着自己精明的监工。驱赶自己不停劳作正是他眼中多数人的日常。所以他才写："人们继承农庄、房舍，殊不知这些东西得来容易摆脱难，担负它们，无异于一出生就开始自掘坟墓。人们不得不推着所有的东西往前，尽自己所能过得好一些，如此轮回。而没有继承这些身外之物的人，同样也为了生存与发展耗费心力。他们被需求所支配，一心储存财富，或许到了生命的尽头才会明白这些东西存之无用。"

然而，他所嘲讽的生活在今天愈演愈烈：有更多的人把自己累倒，只为了存下防病的钱。

但是，死神拥有最终决定权。无论怎样做，你并不能预防死亡的发生。

叔叔曾经对我说起一个葬礼，他同学的葬礼：这位同学罹患癌症多年，始终乐观，积极治疗之余，还常和家人一起自驾旅行。就在最近的一次出行中，他们遭遇了交通事故。命运辗转叵测，你无法判断怎样的结果是更好的，在这件事上，人类根本没有选择权。

每一天都可能发生任何事。我们并不知道无常在哪里，却还总想着打败它。

还有些时候我们似乎渐渐醒来，但只醒了一半，另外一半仍在梦中。

一位二十五岁的姑娘就在这样的半梦半醒之间。她给我们写信，讲述她的个人经历及生活选择。她认为女生也要经济独立，依靠勉力工作赚取物质享受，但同时努力又令她身心俱疲。她从小学五年级开始独立生活，父母在距离她 30 分钟车程外的菜市场做生意，而她很小就帮家里干活，所有的节假日包括寒暑假都贡献给了脏乱的市场。她从小就羡慕别人可以去游乐园，可以吃好吃的。大学三年级时，她父亲罹患晚期肺癌去世，家里也不再做生意了。

她说自己现在很好，从父亲去世后就没再花过家里一分钱，一直在独立支付生活。她把自己住的顶楼装扮成喜欢的模样，辞去全职工作,开始一边兼职一边享受慢生活。因为感觉很多工作就是在贩卖时间,所以她选择停下来进修。

她说父亲的去世给她最大的启示就是珍惜眼前的生活,不要过劳工作,要为自己而活。但她同时又有点担心,不愿意进入稳定工作,没有高收入,只做兼职老师,以减少收入兑换更多的自由,这样可以吗?不去拼命工作,准备买房结婚,这样可以吗?最后她强调自己会健身,会照顾好身体,如此一来她就不会生病,也就不需要靠存钱来保障以后的生活了。

提问的姑娘非常真实坦率因而也特别可爱,她问出的几个"可以吗"暴露出了内心的矛盾。她从生命中的一个悲伤事件里得到了重要启发,父亲的过早离世让她知道人生要为自己活在当下。她不希望自己的生活中只有工作,但时常担心没有必要的物质积累,如何保障家人的未来生活。

她的担心很现实,因为真正的平衡是非常难以企及的,所以在一切事物中达至平衡才被称为瑜伽的最高境界。但是,就像瑜伽需要不断练习一样,为了探索自己想要的生活,我们也需要不断练习。这位二十五岁的姑娘此刻就想探索更自由的生活,但又不敢确信,因为这似乎和周围人的选择都不一样。每个人都倾向于以时间或自己的其他什么东西去交换物质和财富,只有她在做着相反的事情,于是她问我们这样可以吗?似乎担心自己的任性可能带来风险。但是，风险是始终存在的啊，它就在空气里，并不因为你顺从或者违拗了自己的内心而放弃它的位置。

当我们总是基于现在的立足点和眼界去思考未来，并且在头脑中掺杂了一些传统却未经亲身验证的观念，思考的结果通常是荒唐可笑的。当你在未来的某天回望从前，那种计划和思考一定会让你笑出声来。但是我们依然可以做一些有价值的事情，比如，不再空想一件事情对于未来是否有价值，而首先要想到它此刻是否有价值。我们要练习不让短视和贪念限制自己，也不必紧跟形势寻找人间的风口，而要追随热情，去真正投入生命。我们要寻找能焕发自己的生命力而不是不断消耗生命力的事情，这样才不会因为结果而导致最终的失望，而这些都需要练习。

生命力和自由支配的时间是我们所能拥有的最宝贵的东西。对此，这位二十五岁的女孩已经有所认识，这就是她已经清醒的一半。而与此同时，她还有一半在梦中，因为她企图用健身来对抗疾病和无常。但是，这可能吗？所谓无常其实也在不断地变化，是我们在无常的掌上，而不是无常尽在我们的掌握之中。这种盲目的乐观也算是一个美梦吧，根源还在于认为自己可以扼住命运的咽喉。问题是，当我们有这样的误解时，就很难看到生命更大的格局，无法明白所有看似偶然的事件在我们

04 幸福配方

的命运中有着更为重要的意义。而且，一旦把自己视为生命的主宰，我们势必会失去必要的弹性，也将无法享受计划之外的任何乐趣，更加无法信任老天的安排。这样偏执的操控者，往往会因为拒绝改变而被困在原地，除了不断累积的沮丧和挫败，生命不会取得任何进展。

当我们从掌控一切的幻觉中醒来，才有机会洞察真相。清醒生活的好处之一是省时省力：得知自己无须改变规则（事实上这也是做不到的），只消与潮流保持和谐一致，我们顿时就会放松下来，甚至愿意主动融入变化的当下，看老天想要带我们向哪里去。就从这个时刻开始，生活不再艰苦乏味，而是变得越来越有意思。我们可以怀着和惠特曼同样的心情，侧头注视着，对于接下来会发生什么充满好奇，同时在游戏之内与之外，观看着，惊奇着。与"无常"做朋友才是更好的方式，我们的生命在放弃抵抗之后开始圆融完满。一旦这样做了，我们就已经走上了那条属于自己的道路，而不是按照别人的指示，或者按照他人期待的方式过日子。

把此时此刻活得淋漓尽致的人大概很少去担心未来，我们带着最好的能量去和世间万物进行交互，就可能创造出超乎想象的美好。我们需要做的只是确认，生命中所走的每一步是否都是自愿的。当然，这样并不能保证我们从此过上一帆风顺、心想事成的日子——好在，在已知的世界里，我们也从未见过这样的保证。但至少，这可以保证我们专心地体验眼前的每一个"这一刻"。

曾经帮助梭罗一起在瓦尔登湖畔盖起小木屋的好友兼导师爱默生说过："生命的幻象之一，就是不认为眼前这一刻是重要且关键的时刻。请铭记于心：每一天都是一年当中最美好的一天。除非可以理解每天都是末日这个事实，否则没有人能真正学到什么。"我们不妨这样理解：在有生之年的每一天，我们都是幸存者。没有什么是理所当然的，每一天都是宇宙的慷慨馈赠。

我建议，你可以用这段话去对周围的人做个小小的测试，看你的至爱亲朋们到底是醒了还是睡着。不过，依我看，保持清醒往往是困难的，无论是在瑜伽的放松冥想中，还是现实生活里。

> 其实未来早已存在，它只是在等待出现的契机。
>
> ——海灵格

后记
至善

猫头鹰先生看过本书最后一章，说我的写作风格变得更冷酷了。

"为什么不给大家一些美好的幻觉呢？就好像面对一个终末期癌症患者，干吗告诉他不久于人世了，应该鼓励他，要有信心，这个病可以医好。"

我笑了："因为我觉得每个人都有权知道真相。欺骗意味着你对他的不信任，不相信他能处理好自己的问题。"

看来，对于究竟什么是善，我们之间存在一些分歧。或许本书只适合那些有勇气面对生命真相的人。毕竟所谓值得一过的人生，肯定不是以抄作业的方式复现别人的经验和道路。

真正的善，到底是要迎合虚假快乐，让他永远不要醒来，就这样在梦中走完徒劳的一生，还是鼓励他摆脱所有幻觉，睁开双眼，开始真正的生活？我不想赞美生活的美好，因为每个人都可以自己亲身感受到它。假若能够找到通往快乐的道路，无论身处何地，环境和他人都无法剥夺你的快乐。

哈他瑜伽中有个体式叫"至善坐"，这是常见的冥想体式之一。据说当瑜伽修行者掌握了至善坐之后，修行的最高境界"三摩地"将自然而然地出现。然而，发生在我们瑜伽教培课上的最大争执也因至善坐而起。书上讲，至善坐的好处是镇定安详，对脊柱下半段和腹部器官有补养增强的作用，能提升生命之气，并且有控制性欲的效果。对于控制性欲是否可以被称为好处，大家各抒己见，这些"意见"最终演变成为打趣和玩笑，一发不可收拾。玩笑激怒了一向温和的 Chinmay 老师，他板起面孔，非常严肃地说："这并不好笑。至善坐可以用来进行能量转化，把性欲提升为精神层面的更高能量，一种可以与更高智慧联结的灵性能量。"

基于一贯的提问者角色，我在课间休息时向 Chinmay 指出，我不认为性本身有什么问题，这不过是肉身的正常需求，既然造物主给了我们这样的身体，就应该满足它的日常所需，就像我们需要吃饭喝水一样。

后记 · 至善

Chinmay 说人类的问题在于花了太多时间来想这件事情。动物们会自如满足身体需要，然后去做其他事情，人类却往往为此徒然耗费精力。

他说得有道理，但我依然觉得瑜伽是关于自由和更高智慧的，节制欲望不应该是修习的目的，这会让练习者对瑜伽产生误解。瑜伽从不反对人的合理欲望，让欲望在头脑中当家做主，这不是性的问题，而是头脑的问题，是人本身的问题。

人生好比是一座大厦，这里面有很多有趣的主题，不同的楼层和房间都有不同的游乐项目。性，也是其中一个项目，因为位于便捷的大厦入口处，所以很容易被发现。人们在这里玩儿得很开心，得到很多乐趣，但是，人是不能一直留在大厦中玩耍的，一旦游戏时间结束，就必须离开。所以要不要在有限的时间里去看看其他楼层，其他房间，体验更加丰富的乐趣呢？如果一直被困在一个房间里玩耍，直到大厦打烊，玩得再开心，也有点不划算。因为沉迷于一个房间的游戏而错过整座充满乐趣的大厦，到底是不是值得，每个人都有自己的判断。对普通人来说，这也许没什么问题，毕竟一辈子开心就好。但对瑜伽修习者来说，任何对单一维度的过度贪恋，都会妨碍他体验人生的丰富、深刻和无限，而这会构成巨大的遗憾。再奢华的总统套间，一旦成为牢房，也就丧失了吸引力。

次日课间休息时，我以"大厦游乐场"的说法和 Chinmay

商榷，问他这样的表述是不是能更好地解释至善坐的好处：并不是为了节制性欲，而是让人从更多维度上满足欲望，也让人意识到自己配得上更丰富的体验。Chinmay 老师听得很开心，他认为这真是一个不错的说法。

执着从来都是智慧和自由的终结者，无论你执着于成功还是性。执着会带来依赖，会让你渐渐把自己认同于你所执着之物，以为它就意味着快乐和幸福。而失去独立思考能力的头脑必然会成为痛苦的源头。

多数时候，执着的表达是相当隐蔽的。性进入头脑不一定代表着欲望，还常常发生在我们对于自己的性别认同上，而根深蒂固的性别标签常常会影响思考。

我曾被一位女性朋友质问：思伽姐，你在节目里怎么总是替他们男的说话啊？

他们男的？我们女的？我支持在立法层面让女性享有更多的权利以平衡她们在生育和养育后代方面付出的时间和精力以及身体上切实的代价。但是，在生活中每一个具体问题的探讨上，是不是都要像围棋对弈那样，所谓高手要先让出几个子，否则比赛就无法进行？是的，我说比赛。但关系中的两个人其实并非竞争锦标的男队和女队，假若你这样看待生活就选错了对手。我们要挑战自己生命中的障碍，而不是要和任何人争斗。一切的胜负都是幻觉，在生命的终点我们不能得到任何奖杯。

·后记·至善

假若不能拆除所有偏见，实现个人认知的提高，就不会体验到真正的快乐。

虽然高喊男女平等，但我们的成长环境从小就被植入了性别能力的区别观念，这些都潜移默化地限制了女性。女性被认为应该喜欢漂亮可爱的东西，拥有温柔顺从的品质，而男性则被鼓励去发起挑战。这种带有性别色彩的文化伴随着我们的成长进一步被强化，最后，我们会发现，特别是在一些传统的机构，大多数领导者的角色是由男性担当的，而被选拔上领导岗位的女性往往是所谓善解人意的姐姐型人物。这很荒谬对不对——女性总是因为与领导力不相匹配的人格特质而最终成为领导。但在这个畸形的过程中，苛刻对待女性的可不仅仅是社会和男性，女性自己的偏见也功不可没。这就是性别认同的飞去来器，你丢出去的那个东西，最终打到了自己的脑袋。当然还有另外一个极端，在另外一些机构，女性需要表现得比男性更加剽悍才能脱颖而出——不是足够强大，而是更加凶猛。这意味着要在所谓的男性特征上展现得比男性更为淋漓尽致。让性作主的头脑总是这样，把粗鲁无礼当作孔武有力。

灵魂本来就是没有性别的，锋利的智识也没有性别。旺盛的好奇心和求知欲，深刻洞察力和理解力，这些是有趣灵魂的共同特点。以性别区分立场的头脑实在是太缺乏想象力了，或许正是因为在他们头脑中性占据了太大空间，以至于损害了智力的发展吧。从这个意义上来说，至善坐应该成为更多人日常的修习体式，无论男女。

我们是某某人的先生、某某人的太太，是儿女，也是父母，我们还有某些头衔，这些是事实，我们无法否认事实。身份认同也有助于增加社交活动的趣味（虽然我本人认为此类活动的趣味其实相当有限），以及在其中保持恰当得体的行为。身份是一套戏装，它或许让我们在扮演某个角色的时候形神兼备，但在思考的版图里它是不受欢迎的——思考是严肃的、清醒的，是关于真相的。思考让我们摆脱束缚和限制，回到本来。

不过，对于本来就能够体验到人生丰富维度的人来说，任何欲望和身份都不会根植在头脑中。没有什么需要据为己有，一切都不属于你，但这并不妨碍你享受一切。不必强迫自己成为什么或放弃什么，当你明白最重要的东西属于内在，自然不会再去抓取或维持那些对于成长毫无益处的东西，于是舍弃变得毫不费力，因为你需要更多的空间容纳真正的喜悦。